Sentaro ist gescheitert: Er ist vorbestraft, er trinkt zu viel, und sein Traum, Schriftsteller zu werden, ist unerfüllt geblieben. Stattdessen arbeitet er in einem Imbiss, der Dorayaki verkauft: Pfannkuchen, die mit einem süßen Mus aus roten Bohnen gefüllt sind. Tag für Tag steht er in dem Laden mit dem Kirschbaum vor der Tür und bestreicht lustlos Gebäck mit Fertigpaste. Bis irgendwann die alte Tokue den Laden betritt. Die weise, aber sichtlich vom Leben gezeichnete Frau kocht die beste Bohnenpaste, die man sich nur denken kann. Die Begegnung mit ihr verändert alles, denn Tokue lehrt Sentaro ihre Kunst. Wenig später wird Wakana, ein Mädchen aus schwierigen Verhältnissen, zur Stammkundin des Imbisses und schließt Freundschaft mit Tokue und Sentaro. Doch die Welt meint es nicht gut mit den dreien …

›Kirschblüten und rote Bohnen‹ ist die Geschichte einer besonderen Freundschaft – melancholisch, ohne sentimental zu werden, berührend, ohne kitschig zu sein – und ein zärtlicher Roman, der uns im Glauben an die kleinen Dinge des Lebens bestärkt.

Durian Sukegawa, geboren 1962, studierte an der Waseda-Universität in Tokio Philosophie. Er schreibt Romane und Gedichte, außerdem ist er in Japan als Schauspieler, Punkmusiker und Fernseh- sowie Radiomoderator bekannt. ›Kirschblüten und rote Bohnen‹ war in Japan ein Bestseller und wurde von Naomi Kawase als Beitrag für Cannes 2015 verfilmt.

Durian Sukegawa

Kirschblüten
und rote Bohnen

Roman

Aus dem Japanischen
von Ursula Gräfe

DUMONT

Von Durian Sukegawa sind bei DuMont außerdem erschienen:

Die Insel der Freundschaft
Die Katzen von Shinjuku

Das bei der Produktion dieses Buches entstandene CO2 wurde
durch die Finanzierung von Klimaschutzprojekten kompensiert:
climate-id.com/17531-2110-1001/de

Fünfte Auflage 2025
DuMont Buchverlag, Köln
Alle Rechte vorbehalten.
Die Nutzung dieses Werks für Text- und Data-Mining im Sinne
von § 44b UrhG behalten wir uns explizit vor.

Die japanische Originalausgabe erschien 2013
unter dem Titel ›An‹ bei Poplar Publishing Co., Ltd., Tokio.

© 2016 für die deutsche Ausgabe: DuMont Buchverlag GmbH & Co. KG,
Amsterdamer Straße 192, 50735 Köln, info@dumont-buchverlag.de
Übersetzung: Ursula Gräfe
Umschlaggestaltung: Lübbeke Naumann Thoben, Köln
Umschlagabbildung: © Anastasia Zimina/istockphoto
Satz: Angelika Kudella
Gesetzt aus der Scala und der Archer
Druck und Verarbeitung: CPI books GmbH, Leck
Gedruckt auf säurefreiem und chlorfrei gebleichtem Papier
Printed in Germany
ISBN 978-3- 8321-6412-6

www.dumont-buchverlag.de

1

Tag für Tag stand Sentaro an der gusseisernen Platte in seinem Imbiss und backte Dorayaki – kreisrunde, mit An, süßer roter Bohnenpaste, gefüllte Pfannküchlein.

Das *Doraharu*, so der Name des kleinen Ladens, lag an der Kirschblütenallee, einer Einkaufsstraße, die durch eine Gasse getrennt parallel zur Hauptstraße verlief. Auffälliger als die Kirschbäume waren jedoch die vielen geschlossenen Läden, obwohl an diesem Tag, vielleicht angelockt vom Frühling, mehr Menschen unterwegs waren als sonst.

Als Sentaro kurz von der Teigschüssel aufblickte, in der er rührte, bemerkte er eine ältere Frau am Straßenrand. Wahrscheinlich bewunderte sie den Kirschbaum vor seinem Imbiss. Er stand in voller Blüte und wirkte wie in schaumige Wolken gehüllt.

Als er das nächste Mal aufschaute, stand die alte Dame mit der braunen Mütze noch immer an der gleichen Stelle. Offenbar galt ihr Interesse nicht den Kirschblüten, sondern Sentaro, der nun unwillkürlich in ihre Richtung grüßte. Mit einem sonderbar schiefen Lächeln kam sie langsam auf ihn zu.

Ihm fiel ein, dass sie vor einigen Tagen schon ein Dorayaki bei ihm gekauft hatte.

»Ich komme wegen der Stelle.« Sie deutete mit einem wie ein Haken gekrümmten Finger auf den Zettel, den er an die Glastür geklebt hatte. »Spielt das Alter wirklich keine Rolle?«

Sentaro hörte auf zu rühren. »Wüssten Sie jemanden? Ihren Enkel vielleicht?«

Die Frau antwortete nicht und kniff stattdessen ein Auge zu.

Der Wind frischte auf und rüttelte an den Bäumen. Blüten segelten durch die offene Glastür bis auf die Backplatte.

»Also ...« Die Frau beugte sich vor. »Mich würden Sie wohl nicht nehmen?«

»Wie bitte?«, fragte Sentaro.

Sie tippte sich mit dem Finger auf die Brust.

»Ich würde es gern probieren.«

Sentaro lachte verlegen.

»Wie alt sind Sie denn?«

»Sechsundsiebzig.«

Sentaro suchte nach einer Antwort, die sie nicht kränken würde, und schwenkte seinen Kochlöffel.

»Ich kann nicht viel zahlen. Mehr als sechshundert Yen die Stunde sind nicht drin.«

»Wie bitte?«

Die Frau legte eine Hand ans Ohr.

Sentaro beugte sich vor, wie er es tat, wenn er Kindern oder alten Leuten ein Dorayaki reichte.

»Ich sagte: Wir zahlen nicht viel. Ich könnte schon jemanden brauchen, aber ich glaube, in Ihrem Alter ...«

»Ah, das Geld, ja.« Sie zeigte wieder mit ihrem krummen Finger auf den Zettel. »Ich würde für die Hälfte arbeiten. Dreihundert Yen.«

»Dreihundert?«

»Ja.« Die Augen unter der Mütze lächelten.

»Äh ... nein, das geht nicht. Tut mir leid. Bitte, haben Sie Verständnis.«

»Ich heiße Tokue Yoshii.«

Offenbar war sie schwerhörig. Sentaro kreuzte die Unterarme vor der Brust, um Ablehnung zu signalisieren. »Tut mir leid, nein.«

»Wirklich nicht?«

Tokue Yoshii ließ Sentaro keinen Moment lang aus ihren unterschiedlich geformten Augen.

»Die Arbeit hier im Imbiss ist ziemlich schwer, deshalb glaube ich nicht ...«

Tokue Yoshii öffnete den Mund, um Luft zu holen, und deutete unvermittelt hinter sich.

»Wer hat eigentlich die Kirschbäume gepflanzt?«
»Bitte?«

Sie drehte sich um. »Die Kirschen da«, wiederholte sie.

Sentaro blickte zu dem blühenden Baum hinaus. »Wer die gepflanzt hat?«

»Ja, jemand muss sie doch gepflanzt haben.«

»Keine Ahnung, ich bin nicht von hier.«

Tokue schien noch etwas sagen zu wollen, aber als sie sah, dass Sentaro wieder anfing zu rühren, gab sie auf.

»Ich komme wieder«, verkündete sie, verließ den Laden und stakste in die dem Bahnhof entgegengesetzte Richtung davon. Ihr Gang wirkte unbeholfen, als wären ihre Gelenke steif. Sentaro widmete sich wieder seinem Teig.

2

Das *Doraharu* hatte keinen Ruhetag. Jeden Vormittag um
elf Uhr zog Sentaro den Rollladen hoch. Mit den Vorbereitungen fing er für gewöhnlich etwa zwei Stunden vorher an, was eigentlich viel zu spät war. Normalerweise
hätte diese Zeit nicht gereicht. Aber im *Doraharu* galten
besondere Regeln.

Auch heute band sich Sentaro, nachdem er, um wach
zu werden, seine morgendliche Dose Kaffee getrunken
hatte, seine Arbeitsschürze um und beförderte mittels
Tretens und Schiebens einen Karton in die Küche. Diesem entnahm er einen Plastikkanister mit fertigem An –
der süßen Bohnenpaste – und rührte es in die Reste vom
Vortag.

Das war natürlich nicht verboten, aber kein Dorayaki-
Bäcker, der auf sich hielt, hätte sich zu so etwas herabge-
lassen. Aber An konnte man einfrieren, und wenn man
es nicht allzu lange tat, veränderten sich Geschmack und
Konsistenz so gut wie gar nicht.

Dieses System hatte bereits der verstorbene Inhaber
des *Doraharu* eingeführt. Und Sentaro verwendete nach

wie vor das gleiche in China hergestellte Fabrikat, das ein freundlicher Händler ihm in Kanistern zu jeweils fünf Kilo lieferte.

Der kleine Imbiss konnte sich halten, florierte aber nicht sonderlich. Nie wurde an einem Tag ein ganzer von diesen Kanistern aufgebraucht. Also fror Sentaro den Rest ein und vermischte ihn am nächsten oder sogar noch am übernächsten Tag mit frischer Bohnenpaste.

Anschließend machte er sich an den Teig für die Pfannkuchen. Auch diesen hätte er fertig liefern lassen können, doch das war ihm zu teuer, also nahm er eine Schüssel und rührte die wenigen Zutaten selbst zusammen. Nun erhitzte er die Backplatte, gab den Teig mit einem kreisrunden Metalllöffel, der an einen Gong – »Dora« – erinnerte, auf die Platte und ließ ihn braun werden. Daher hatten die Dorayaki ihren Namen: »Dora« für Gong und »Yaki« für Gebäck. Die fertigen Pfannkuchen legte er in einen beheizten Behälter aus Glas, um sie warm zu halten. Mittlerweile war es Zeit, den Imbiss zu öffnen, und Sentaro zog seufzend den Rollladen hoch. Dabei trug er wie üblich eine stoische Miene zur Schau, um sich seinen Überdruss nicht anmerken zu lassen.

Es war um die Mittagszeit. Sentaro saß in der Küche und verzehrte ein Bento, ein abgepacktes Menü aus dem Supermarkt, als vor der Glastür die braune Mütze auftauchte.

Ach, die Oma wieder, dachte er.

Die alte Frau strahlte ihn an, und Sentaro erhob sich ergeben.

»Frau Yoshii, nicht wahr?«

»Ja, genau«, tönte es aus dem runzligen Gesicht unter der Mütze.

»Was kann ich für Sie tun?«

Tokue holte einen mit blauer Tinte beschriebenen Zettel aus ihrer Handtasche. Die verschnörkelten Zeichen tanzten geradezu über das Papier.

»Hier, mein Name. So schreibt man ihn.«

»Aha.«

Sentaro warf nur einen kurzen Blick darauf. »Tut mir leid, aber ich kann Sie wirklich nicht einstellen«, sagte er und schob den Zettel zurück. Tokue wollte zuerst mit ihren knotigen Fingern danach greifen, zog jedoch die Hand wieder zurück.

»Wie Sie sehen ... bin ich ein wenig eingeschränkt. Deshalb können Sie mir ruhig auch weniger zahlen, als wir letztes Mal besprochen haben. Ich wäre auch mit zweihundert Yen zufrieden.«

»Wie – zweihundert Yen?«

»Stundenlohn.«

»Darum geht es nicht. Ich kann Sie nicht einstellen«, wiederholte Sentaro.

Tokue blickte ihn wortlos an. Er machte einen Schritt nach vorn und nahm ein Dorayaki aus dem Glasbehälter. Vielleicht würde sie gehen, wenn er es ihr mitgab.

Allerdings schien Tokue seine Absicht zu durchschauen. »Machen Sie die selbst, junger Mann?«, fragte sie.

»Äh, ja, das ist Betriebsgeheimnis«, entgegnete Sentaro und schluckte nervös. Er merkte, wie sein Adamsapfel sich bewegte, und drehte sich zur Küche, um es zu verbergen.

Dort stand auf der Arbeitsplatte neben seinem Bento der Kanister mit der fertigen Bohnenpaste. Zu allem Überfluss war der Deckel noch offen, und ein Löffel steckte darin. Sentaro schob sich in Tokues Blickfeld.

»Neulich habe ich ein Dorayaki bei Ihnen gegessen«, sagte sie. »Der Teig ging ja einigermaßen. Aber die Füllung ...«

»Was war damit?«

»Sie war lieblos gemacht. Gar nicht mit Gefühl.«

»Nicht mit Gefühl? Sonderbar.«

Obwohl Sentaro genau wusste, was los war, zog er ein Gesicht, als fände er dies äußerst bedauerlich.

»Sie war auch irgendwie matschig.«

»Rote Bohnenpaste gut hinzukriegen ist nicht so einfach. Haben Sie schon mal welche gemacht, Frau Yoshii?«

»Ich mache ständig welche. Seit fünfzig Jahren.«

Sentaro fiel fast das Dorayaki aus der Hand, das er gerade einpacken wollte.

»Fünfzig?«

»Ja, seit einem halben Jahrhundert. Für die Bohnen braucht man ein Gefühl, junger Mann.«

»Aha ... ja, Gefühl.« Als er Tokue das Tütchen reichte, fühlte er sich kurzzeitig schwindelig, wie von einem Windstoß umhergewirbelt.

»Trotzdem kann ich Sie nicht einstellen.«

»Nein?«

»Es tut mir wirklich leid.«

Wieder sah Tokue ihn mit ihren unterschiedlich geformten Augen durchdringend an. Dann kramte sie ein Portemonnaie aus der Handtasche.

»Geht aufs Haus«, sagte er.

»Aber warum denn?« Tokue nahm ein paar Münzen heraus. Ihre Finger waren wie Krallen, die Daumen in Richtung der Handflächen verdreht. »Hundertvierzig Yen, stimmt doch?«

Wegen ihrer entstellten Hände dauerte es ein bisschen, bis sie die hundert Yen und die vier Zehn-Yen-Münzen auf die Theke gelegt hatte.

»Nur einen Moment noch, junger Mann.«

»Ja?«

»Probieren Sie doch mal davon.«

Sie holte eine in eine Tüte gewickelte Plastikdose aus ihrer Tasche. Sentaro erkannte etwas Dunkles darin.

Er nahm die Dose, und Tokue wandte sich zum Gehen.

»Was ist das? An?«, rief er ihr nach.

Tokue drehte sich noch einmal halb zu ihm um, nickte und war gleich darauf um die nächste Ecke verschwunden.

3

An diesem Abend genehmigte sich Sentaro einen Krug warmen Sake in einem Soba-Lokal am Bahnhof.

Dazu bestellte er sich ein paar Tempura-Häppchen und schlürfte eine Nudelsuppe. Dann trank er weiter und ließ dabei die Ereignisse des Tages an sich vorüberziehen.

Kaum war Tokue außer Sicht gewesen, hatte er ihre Dose in den Müll geworfen. Nicht, dass ihm das leichtgefallen wäre, aber er verspürte nicht die geringste Lust, sich in irgendetwas hineinziehen zu lassen. Doch sooft er den Deckel des Mülleimers anhob, fiel sein Blick auf den kleinen Plastikbehälter, bis er ihn schließlich wieder herausnahm. Er brauchte ja nur ein bisschen davon zu kosten, dann hätte er seiner Pflicht Genüge getan. Aber bereits der erste Bissen ließ Sentaros Augenbrauen in die Höhe schnellen.

Tokues rote Bohnen schmeckten so völlig anders als die zähe, rote Pampe aus dem Kanister. Dieser Duft und dann die dichte, vollmundige Süße, die sich schmelzend in seinem Mund ausbreitete.

»Fünfzig Jahre ...«, murmelte Sentaro, als er sich das außergewöhnliche und unerwartete Aroma ins Gedächtnis rief. »Länger, als ich auf der Welt bin.«

Sentaro betrachtete die Speisekarte an der Wand, die der Nudel-Wirt eigenhändig mit Pinsel und Tusche zu schreiben pflegte. Die schön geschwungenen Zeichen ließen Sentaro an seine Mutter denken. An ihren zierlichen, gebeugten Rücken, wenn sie an ihrem niedrigen Tischlein mit geschicktem Pinsel einen Brief schrieb.

Die Bohnenpasten-Oma ist wahrscheinlich ungefähr im gleichen Jahr geboren wie sie, dachte er.

Wie üblich wollte Sentaro die Erinnerung verdrängen. Nach Möglichkeit vermied er es, an seine längst verstorbene Mutter oder an seinen Vater zu denken, den er seit zehn Jahren nicht mehr gesehen hatte.

Doch an diesem Abend wollte es ihm einfach nicht gelingen. Immer wieder stieg das Bild vor ihm auf, wie seine Mutter, als er klein war, Schreiben mit ihm geübt hatte.

»Mannomann ...«, stöhnte Sentaro, dem der Alkohol bereits beträchtlich zu Kopf gestiegen war. »Es kommt doch immer anders, als man denkt.«

Eigentlich hatte er Schriftsteller werden wollen, war aber auf die schiefe Bahn geraten. Als er endlich aus dem Gefängnis kam, war seine Mutter schon nicht mehr am Leben. Niemals hätte er geglaubt, dass er – wie nun schon seit Jahren – seine Tage hinter einer Dorayaki-Platte stehend verbringen würde.

Sentaro schenkte sich noch eine Schale Sake ein und

kippte sie hinunter, als wolle er sich den bitteren Geschmack von der Zunge waschen.

Seine Mutter.

Auch ihre sanften Worte hatten mitunter ihre inneren Ängste nicht verbergen können. Es kam immer wieder vor, dass sie heftig mit dem Vater oder Verwandten aneinandergeriet, schrie und in Tränen ausbrach. Als Kind hatte Sentaro sich vor ihren Gemütsschwankungen gefürchtet. Seine Mutter liebte Süßes, und sicher hatte er sich nur gefühlt, wenn sie ein Stück Kuchen oder einen mit An gefüllten Hefekloß vor sich hatte und guter Laune war. Damals hatte er sich gewünscht, es würde immer eine süße Köstlichkeit auf dem Tisch stehen. Er liebte es, wenn seine Mutter lächelte und sagte: »Mmm, wie das schmeckt, mein kleiner Sen.«

Tokue Yoshiis rote Bohnen waren einzigartig. Was seine Mutter wohl dazu sagen würde, wenn sie noch am Leben wäre? Tja, wenn ...

Sie hätte gejubelt, dachte Sentaro.

Ob die alte Frau das mit den zweihundert Yen Stundenlohn ernst gemeint hatte?

Wenn sie damit zufrieden war ... Vielleicht sollte er doch auf Frau Yoshiis Hilfe zurückgreifen?

Sentaro überlegte hin und her.

Er hatte den Zettel nicht an die Tür geheftet, weil ihm die Arbeit allein zu viel war, sondern weil die Dorayaki keine Antwort gaben, wenn er sie ansprach. Im Grunde wünschte er sich vor allem Gesellschaft. Und wenn die Oma wirklich mit zweihundert Yen zufrieden war ...

In Sentaros benebeltem Hirn klackten die Perlen des Abakus aneinander. Der Stundenlohn, den Tokue Yoshii verlangte, war wirklich kaum der Rede wert. Und dann ihre roten Bohnen! Vielleicht konnte er damit sogar seinen Umsatz steigern und so den monatlichen Betrag erhöhen, mit dem er seine Schulden zurückzahlte. Damit würde der Tag seiner Befreiung in greifbarere Nähe rücken.

Aber ... Sentaro stutzte, den Sake auf halbem Weg zum Mund. Tokues deformierte Finger kamen ihm in den Sinn. Womöglich würden ihm bei ihrem Anblick die Kunden davonlaufen.

Gleich darauf kam ihm ein Geistesblitz.

Und wenn er sie nur die Paste für die Füllung machen ließe?

Ja, das war's. Sentaro nickte. Sie sollte nur die roten Bohnen kochen. Dabei konnte er sich vielleicht auch etwas von ihren Fertigkeiten abgucken. Bei ihrem Alter würde sie früher oder später sowieso schlappmachen.

»Sie darf sich auf keinen Fall vor den Kunden blicken lassen«, murmelte Sentaro selbstvergessen und etwas zu laut. Der Wirt, der mit einem Gast an einem anderen Tisch sprach, drehte sich um und sah ihn fragend an.

»Noch so einen, bitte«, sagte Sentaro und hob seinen Krug.

4

Mehrere Tage vergingen.

Und eines schönen Morgens, als Sentaro von seiner Backplatte aufschaute, stand die alte Dame wieder unter dem Kirschbaum und lächelte unter ihrer Mütze zu ihm herüber.

Ein wenig schwankend, wie es ihre Art war, humpelte sie auf ihn zu. »Guten Tag«, sagte sie. »Mittlerweile sind die meisten Blüten schon abgefallen, nicht?«

»Ja, stimmt.« Sentaro warf einen Blick hinauf zum Baum.

»Die beste Zeit, die Blätter zu betrachten.«

»Die Blätter?«

»Ja, um diese Zeit sind sie am schönsten. Da, schauen Sie mal!«

Sentaro folgte Tokues Finger. Die frischen jungen Blätter bewegten sich im Wind.

»Sie winken uns zu.«

So kann man's auch sehen, dachte Sentaro. Die flirrenden Blätter wirkten wie ausgestreckte Hände. Er brummte zustimmend und wandte sich Tokue zu.

»Frau Yoshii?«

»Ja?«

»Die roten Bohnen, die Sie mir gegeben haben, waren köstlich.«

»Oh, wie schön, Sie haben sie gegessen.«

»Wenn Sie noch wollen, würde ich Sie einstellen.«

»Wie?« Tokue reckte den Hals.

»Könnten Sie rote Bohnen für mich kochen?«

»Ja, sehr gern. Im Ernst? Geht es jetzt doch?« Tokue starrte Sentaro mit halb offenem Mund an.

»Sie sollen aber nur die Bohnen machen. Um die Kundschaft kümmere ich mich selbst.«

»Ach?«

Es entstand eine Pause. Sentaro winkte sie hinter die Theke und ließ sie Platz nehmen. Tokue nahm ihre Mütze ab, und ihr weißes Haar, durch das die Kopfhaut hindurchschimmerte, kam zum Vorschein.

»Können Sie mit dem Topf hantieren? Er ist ziemlich schwer. Um An zu kochen, braucht man Kraft«, sagte er.

»Den Topf müssen Sie heben, junger Mann.«

»Gut, mache ich.«

Sentaro betrachtete Tokues Hände. Sie hatte sie so übereinandergelegt, dass man nicht sah, wie deformiert sie waren.

»Aber einen Kochlöffel können Sie halten, oder?«

»Ja.«

»Entschuldigen Sie die Frage, aber was ist denn mit Ihren Händen passiert?«

»Ach das ...«

Ihre gefalteten Hände versteiften sich. Sentaro konnte es sehen.

»Ich hatte in meiner Jugend eine schwere Krankheit. Das habe ich davon zurückbehalten. Es tut nichts, aber man sieht es eben, nicht wahr?«

»Deshalb bitte ich Sie auch, nur die Bohnen zu kochen.«

»Aber ich kann wirklich alles machen.«

Tokue warf den Kopf zurück und lachte. Dabei verkrampfte sich ihre rechte Wange. Ihre Haut schien Sentaro so starr und fest, als verberge sich ein Brett darunter. Oder lag es an den unterschiedlich geformten Augen, dass Tokues Gesicht seltsam schief wirkte?

»Und wie heißen Sie, junger Mann?«, fragte Tokue.

»Sentaro Tsuji.«

»Schöner Name. Klingt wie ein Schauspieler.«

»Wirklich?«

Tokue bat ihn, den Namen aufzuschreiben.

»Und wie soll ich Sie nennen? Chef oder Herr Tsuji?«

»Wie Sie wollen.«

»Dann nenne ich Sie Chef. Haben Sie diese Bohnen selbst gekocht, Chef?«

»Äh, also ...« Sentaro blieben die Worte fast im Hals stecken. »Ehrlich gesagt, nein, ich kriege es einfach nicht hin. Sie sind mir ständig angebrannt.«

»Aha.« Tokue musterte Topf und Herd mit wissender Miene. Sentaro griff nach dem Teekännchen und schenkte ihr ein, um ihr den Blick zu versperren.

»Und Sie?«, ging er zum Gegenangriff über. »Für wen

haben Sie denn fünfzig Jahre lang rote Bohnen gekocht? Für ein Süßwarengeschäft?«

»Nein, also, ich ...«

»Für Ihre Familie?«

Im Grunde interessierte Sentaro das nicht – nun ja – die Bohne. Es kümmerte ihn nicht einmal, ob die alte Frau nun Yoshii oder von ihm aus auch Yoshida hieß, solange sie nur diese unschlagbare Bohnenpaste für ihn zubereiten würde. Momentan beherrschte ihn nur ein Gedanke: den Verkauf steigern und seine Schulden zurückzahlen.

Das Letzte, was er wollte, war, über sein bisheriges Leben ausgefragt zu werden. Und auch Tokue schien nicht gerade auskunftswillig.

»Ich habe dies und das gemacht ... Die Geschichte würde zu lang«, beendete sie das Thema.

»Ganz Ihrer Meinung.«

»Gehört das *Doraharu* Ihnen, Chef?«

»Nein, ich bin hier bloß angestellt.«

»Und der Besitzer?«

»Mein Boss, also der, der es eröffnet hat, ist gestorben. Es gehört jetzt seiner Witwe.«

»Dann sind Sie gar nicht der Verantwortliche, oder?«

»So kann man das auch wieder nicht sagen.«

»Sollte ich mich der Witwe nicht vorstellen?«

»Sie ist momentan gesundheitlich nicht so auf der Höhe. Aber normalerweise kommt sie einmal in der Woche vorbei. Irgendwann klappt es bestimmt.«

Ein verschmitztes Lächeln glitt über Tokues Gesicht.

»Und der Boss?«

»Der ist doch tot.«

»Ach, stimmt ja, so war's.«

Sentaro reichte Tokue Notizblock und Stift.

»Bitte schreiben Sie mir hier Ihren vollen Namen auf und wo ich sie erreichen kann.«

Tokue starrte auf das Papier. »Meine Finger, wissen Sie ...«, sagte sie zögernd.

Sentaro hätte ein Auge zugedrückt und die Sache auf sich beruhen lassen, aber Tokue nahm nun doch den Stift und schrieb Strich für Strich sorgfältig alles auf. Die Zeichen hatten eine eigenwillige Form, genau wie die in blauer Tinte, die sie ihm kürzlich gezeigt hatte. Sie brauchte eine ganze Weile.

»Und Ihre Telefonnummer? Haben Sie kein Handy?«

»Nein. Mir genügt die Post.«

»Aber das gibt es doch nicht ...«

»Keine Sorge, ich komme nie zu spät. Ich stehe mit den Hühnern auf.«

»Nein, nicht deshalb, aber ... Ach, was soll's.«

Die Adresse am Stadtrand kam Sentaro bekannt vor. Woher, fiel ihm nicht ein. Tokues Zeichen hatten sich durch mehrere Seiten des Notizblocks hindurchgedrückt.

5

Langsam rückte der Sekundenzeiger vorwärts.

Beide Arme auf den Futon gelegt, starrte Sentaro an die dunkle Decke. Er konnte nicht einschlafen, obwohl er vor dem Zubettgehen einen Whisky getrunken hatte.

Er drehte den Kopf und tastete nach dem Wecker am Kopfende, um sich zu vergewissern, dass er eingeschaltet war.

Am nächsten Morgen sollte Tokue Yoshii anfangen und künftig jeden zweiten Tag die Füllung für seine Dorayaki zubereiten. Er durfte sich nicht verspäten und war deshalb viel früher als gewöhnlich zu Bett gegangen.

Was es wohl mit der alten Frau auf sich hatte?

Auch wenn es eine gute Lösung war, sie nur die roten Bohnen kochen zu lassen, war Sentaro unsicher. Mitunter sagte Tokue – vermutlich, weil sie schwerhörig war – so seltsame Sachen. Andererseits hatte er mit ihr als Person ja nichts zu tun. Aber von diesem Licht in ihren Augen, wenn sie lächelte, fühlte er sich manchmal regelrecht durchleuchtet.

Nachdem Sentaro sich ihre Adresse hatte geben lassen,

hatte er sie in die Gepflogenheiten im *Doraharu* einge-
weiht und erklärt, dass die Bohnen ausschließlich für Ge-
schäftszwecke zu verwenden seien, stets zwei Stunden
vor Öffnung des Ladens bereitzustehen hätten und so
fort.

»Warum?«, hatte Tokue sofort mit lauter, forscher
Stimme gefragt. »Das An ist doch nicht frisch, wenn es
schon so früh fertig ist.«

»Aber ich bestelle es doch. Telefonisch.«

»Was sagen Sie da, Chef? Sie lassen die Füllung fertig
liefern?«

»Ja ... Deshalb will ich doch, dass Sie kommen, Frau
Yoshii.«

»Wenn Sie Kunde wären, Chef, würden Sie sich hier
anstellen, um Dorayaki zu essen?«

»Äh, nein ... Eher nicht.«

Tokue hatte lebhaft auf Sentaro eingeredet. Unentwegt.
Und obwohl angeblich er der »Chef« war, hatte er kaum
eine Erwiderung zustande gebracht.

Am Ende hatte er beschlossen, Tokues Anweisungen
zu folgen. Sentaro sollte um sechs Uhr morgens mit den
Vorbereitungen beginnen. Tokue würde kurz darauf mit
dem ersten Bus eintreffen.

Was für ein Aufwand. Sentaro blickte zur Decke und
stieß einen langen Seufzer aus. Es war das vierte Jahr, in
dem er gezwungen war, im *Doraharu* zu arbeiten. Aber
so früh am Morgen hatte er noch nie angefangen.

Warum hatte er dieses Mütterchen nur eingestellt?
Hoffentlich war das keine Fehlentscheidung gewesen.

Entgegen seinem ersten Eindruck war sie keineswegs auf den Mund gefallen. »Das gibt's doch nicht. Was ist das denn?«, ging es in einem fort. Sie hatte so viel zu bemängeln, dass Sentaro schon, bevor es richtig losging, die Nase voll hatte.

Und noch einen Grund zur Sorge hatte er. Wie sollte er diese Neuerung der Witwe beibringen?

Diese wurde seit dem Tod ihres Gatten immer hinfälliger und war, sooft sie in den Laden kam, um die Bücher zu prüfen und nach dem Rechten zu sehen, miesester Laune. Die Dorayaki waren ihr mittlerweile ein Graus, und sie rührte keins mehr an, weil sie zu viel Zucker enthielten. An allem hatte sie etwas zu meckern. Geradezu besessen war sie jedoch vom hygienischen Zustand des *Doraharu*. Ständig lag sie Sentaro in den Ohren, dass er nicht genügend putze.

Irgendwann hatte er einen Studenten als Aushilfe eingestellt. Weil er aber die Witwe nicht zurate gezogen hatte, musste er später ihr endloses Gezeter erdulden. Zu allem Überfluss hatte jemand beobachtet, wie er hinter dem Imbiss rauchte. Prompt war ein erboster Anruf der Witwe gefolgt. In schneidend ironischem Ton hatte sie gefragt, was er zu tun beabsichtige, wenn der Gestank in den Laden zöge. »Und wenn Sie eine Aushilfe einstellen, will ich gefälligst dabei sein«, hatte sie geschimpft.

Sich schlaflos im Bett wälzend, beschloss Sentaro, ihr Tokue vorläufig zu verschweigen. Ohnehin war nicht abzusehen, ob diese mit ihren krummen Händen der Arbeit gewachsen wäre.

Er starrte wieder zur Decke, und der Gedanke an die Schulmädchen, die ständig im *Doraharu* herumhingen, stieg in ihm auf. Sentaro schnalzte ärgerlich mit der Zunge.

Im Pulk drängten sie sich an der Theke, an der eigentlich nur für fünf Leute Platz war, und machten dort sogar ihre Hausaufgaben. Dabei verzehrten sie kaum etwas, hatten aber jede Menge Sonderwünsche.

Kürzlich hatte sich eine beschwert, im Dorayaki-Teig seien Kirschblüten. Die meisten Kunden kauften Gebäck zum Mitnehmen, sodass die Glastür ständig aufging und während der Kirschblüte natürlich Blüten in den Laden geweht wurden. Da konnte es schon mal passieren, dass welche im Teig landeten.

Sentaro hatte sich entschuldigt und dem Mädchen ein neues Dorayaki geschenkt. Leider hatte es diesen Glücksfall nicht für sich behalten, und seine Freundinnen hatten sich einen Spaß daraus gemacht, sich ebenfalls über Kirschblüten in ihren Dorayaki zu beschweren. Eine verbreitete die gute Nachricht auch gleich über ihr Smartphone: »Kommt alle her, hier gibt's Dorayaki umsonst.«

Wie würden die Mädchen reagieren, wenn sie die Hände der alten Frau sahen? Oder besser gefragt: Wie würde Tokue mit ihren Frechheiten fertig werden? Diese dämlichen Gören, wegen ein paar Kirschblüten im Teig ... was war schon dabei?

Vor lauter Grübeln fand Sentaro keinen Schlaf.

Er stieß die dicke Decke von sich und streckte abermals die Hand nach dem Wecker aus.

6

Trotz allem kam Sentaro am nächsten Morgen zu spät. Tokue stand bereits unter dem Kirschbaum und wartete. Als er sich entschuldigte, deutete sie auf einen Ast über ihrem Kopf.

»Da ist eine kleine Kirsche rausgekommen.«

»Geht denn um diese Zeit überhaupt schon ein Bus?«

»Ja, ja, keine Sorge.«

Er glaubte ihr nicht, denn soviel er wusste, fuhren noch keine Busse.

Als sie in die Küche kamen, waren die Adzukibohnen, die er am Abend zuvor eingeweicht hatte, in der Schüssel gequollen. Der lebendige Schimmer der einzelnen Böhnchen verlieh Sentaros Arbeitsplatz einen ganz neuen Glanz. Ihm war, als hätte er nun statt eines Lebensmittels eine Schar kleiner Lebewesen vor sich.

»Ah, sehr gut.« Tokue steckte ihre Nase in die Schüssel.

Bei den Adzukibohnen, die sie verwendeten, handelte es sich nicht um renommierte Markenprodukte aus Obihiro oder Tamba. Bei der geringen Menge, die sie brauchten, wären einheimische Bohnen zu teuer gewesen. Da der Name des Herstellers ohnehin keine Rolle spielte, wollte Tokue für den Anfang Bohnen aus verschiedenen Herkunftsländern ausprobieren, auch wenn es etwas umständlich war. Also hatte Sentaro zunächst Adzukibohnen aus Kanada bestellt.

Für eine Ration brauchten sie schätzungsweise zwei Kilogramm. Über Nacht in Wasser eingeweicht, verdoppelte sich ihr Gewicht auf etwa vier Kilo. Nach dem Garen wurde die Masse noch einmal mit drei Kilo aus granuliertem Zucker hergestelltem Sirup aufgekocht, was zu einer Gesamtmenge von ein wenig unter sieben Kilo führte.

Wenn Sentaro für ein Dorayaki ungefähr zwanzig Gramm rechnete, reichte sie für dreihundertdreißig bis dreihundertvierzig Küchlein, und er hatte genug Vorrat für mindestens zwei Tage, da er an einem Tag nicht einmal fünf Kilo verarbeitete.

»Vor dem Kochen muss man ...«, murmelte Tokue und machte sich daran, die einzelnen Bohnen gewissenhaft in Augenschein zu nehmen. »Chef, haben Sie sich die vor dem Einweichen auch richtig angesehen?«

»Wen?«

»Die Bohnen natürlich.«

»Nein.« Sentaro legte den Kopf schräg.

»Es sind nämlich nicht alle geeignet.«

Tokue wühlte mit ihren Krallenfingern in den Bohnen und legte einige auf ihre Handfläche, um sie Sentaro zu zeigen. Bei manchen war die Haut nicht gleichmäßig aufgequollen und sie waren noch hart, während andere bereits aufgeplatzt waren.

»Importbohnen sind nicht gut verlesen. Sie müssen gründlicher sein, Chef.«

Tokues Umgang mit den Bohnen wirkte ziemlich sonderbar auf Sentaro. Allein, wie nah sie ihr Gesicht an sie heranbrachte. Fast die Nase hineinsteckte, als wolle sie an jeder einzelnen Bohne riechen. Auch nachdem sie die Bohnen aufgesetzt hatte, ließ sie nicht davon ab.

Bei seinen bisherigen Versuchen hatte Sentaro den Sawari, den kupfernen Topf, auf dem Feuer gelassen, bis die Bohnen weich geworden waren.

Doch Tokue ging ganz anders zu Werke.

Sie gab, sooft die Bohnen aufkochten, kaltes Wasser zu. Nachdem sie dies mehrmals wiederholt hatte, goss sie sie durch ein Sieb ab. Anschließend kippte sie sie wieder in den Sawari und wusch sie in lauwarmem Wasser, um Gifte und Bitterstoffe auszuspülen, wie sie sagte. Diesen Arbeitsgang nenne man »Shibukiri«, erklärte sie. Außerdem müsse man die Bohnen auf kleiner Flamme köcheln lassen und sehr behutsam rühren, um sie nicht zu beschädigen. Währenddessen hielt sie ihr Gesicht so dicht an den Topf, dass es fast vom Dampf verhüllt war.

Was es da wohl zu sehen gab? Ob die Bohnen sich irgendwie verwandelten? Auch Sentaro trat nun einen Schritt vor und starrte in die dampfenden Bohnen, konnte aber keine bedeutende Veränderung feststellen.

Den Kochlöffel schlaff in der knotigen Hand haltend, ließ Tokue die Bohnen nicht aus den Augen. Sentaro beobachtete sie verstohlen von der Seite. Warum konnte er nicht die gleiche Begeisterung empfinden?, fragte er sich ein wenig enttäuscht.

Doch unversehens starrte auch er in den Topf, ohne genau zu wissen, wieso. Keine einzige der Bohnen, die in der brodelnden Flüssigkeit wallten, war geplatzt. Als nur noch wenig Kochwasser übrig war, drehte Tokue das Feuer ab und deckte den Sawari mit einem Küchenbrett zu. Damit die Bohnen im Dampf weitergaren könnten, wie sie sagte. Dieser Schritt war Sentaro neu.

»Ein ganz schönes Theater machen Sie da«, entfuhr es ihm.

»Zum Empfang«, erwiderte Tokue.

»Für die Kunden?«

»Nein. Für die Bohnen.«

»Wieso das denn?«

»Immerhin sind sie den ganzen Weg aus Kanada gekommen.«

Nach nicht allzu langer Zeit nahm Tokue das Brett vom Topf. Sie beäugte die Bohnen noch einmal genau und übergoss sie dann mit kaltem Wasser. Diesen Vorgang nannte sie »Sarashi« – Abschrecken. Mit den Fingern in den Bohnen rührend, spülte sie sie mehrmals durch, bis das Wasser klar war. Währenddessen beugte sie sich wieder so aufmerksam darüber, dass Sentaro sich an eine Goldwäscherin erinnert fühlte.

»Bestimmt war hier noch nie jemand so eifrig bei der Sache wie Sie«, sagte er.

»Wenn wir nicht aufpassen, war alle Mühe umsonst.«

Sentaro schaute ihr mit verschränkten Armen zu.

»Aber was gucken Sie denn da die ganze Zeit?«

»Wie?«

»Was sehen Sie, wenn Sie so nah an die Bohnen ran-gehen?«

»Ich tue nur, was ich tun kann.«

»Und was ist das?«

»Kommen Sie, Chef, jetzt sind Sie dran.«

Sentaro tauschte die Plätze mit Tokue. Er hob den Sa-wari mit beiden Händen hoch und goss den Inhalt in das Sieb, das im Waschbecken stand. Dunkelrot schim-mernd tauchten die garen Bohnen aus dem sich ver-flüchtigenden Wasserdampf auf.

Sentaro beugte sich vor. »Oh ... sind die schön«, rief er.

Wahrhaftig, Tokue war ihm um Längen voraus in die-ser Kunst. Das musste er zugeben. Jede einzelne Boh-ne war prall und faltenlos glatt. Bei Sentaros bisherigen Versuchen waren die meisten Bohnen geplatzt, und die Stärke war ausgetreten. Doch Tokues Bohnen waren gar und dennoch unversehrt. Glänzend und in schönster Ordnung lagen sie vor ihm.

»Sie sind vollkommen. So was habe ich noch nie ge-sehen.«

Tokue lachte über Sentaros Begeisterung und zuckte die Achseln.

»Vollkommen? Haben Sie wirklich schon mal An gemacht, Chef?«

»Ich hab's versucht ...«

»Und nichts dabei gelernt?«

Jetzt legte auch Sentaro Hand an. Zunächst rührte er den Sirup an, der den roten Bohnen ihre Süße gab. Dazu goss er zwei Liter heißes Wasser in den nun leeren Sawari und brachte es zum Kochen, um dann zweieinhalb Kilo Zucker darin aufzulösen.

Tokue stand neben ihm und erklärte ihm, worauf es ankam: auch wenn keine Zuckerkristalle mehr zu sehen waren, den Sirup langsam weiterrühren. Nicht unnötig stark erhitzen. Die Masse dann behutsam unter die gekochten Bohnen heben. Jetzt das Feuer voll aufdrehen.

Nachdem Sentaro diese Schritte nacheinander erledigt hatte, machte er sich daran, Bohnen und Sirup zu vermischen.

»Jetzt kommen wir zum Kern der Sache. In diesem Stadium brennen die Bohnen sehr leicht an. Deshalb müssen Sie sie mit dem Spatel immer wieder vom Topfboden lösen«, erklärte Tokue ihrem Chef, der von solchen Raffinessen noch nie gehört hatte.

»Nun etwas Salz in den Sawari!«

»Wenn sie jetzt anbrennen, ist nichts mehr zu machen!«

»Hoch den Kochlöffel! Senkrecht halten!«

»Schneller!«

»Nicht so wild!«

Tokues Anweisungen reichten vom Halten des Kochlöffels bis zum richtigen Winkel beim Rühren, derweil Sentaro der Schweiß nur so in Strömen über Gesicht und Nacken rann. Was ja kein Wunder war. Schließlich beugte er sich über kochend heiße Bohnen.

Ihm wurde klar, wie recht sie hatte.

Bei seinen früheren Versuchen war er stets an dieser Stelle gescheitert. Die zuckerhaltige Masse brannte sehr leicht an. Drehte man jedoch das Feuer herunter, schadete es der Qualität des Produkts, weil die Bohnen dann zu lange kochen mussten. Um sowohl ansehnliche als auch im Biss angenehme Bohnen zu erhalten, musste er stattdessen immer wieder kleine Mengen Wasser zugeben und rechtzeitig und kraftvoll rühren, damit die Masse nicht anbrannte.

Während Sentaro den Spatel schwang, was das Zeug hielt, wischte er sich mit dem Ärmel immer wieder den Schweiß von der Stirn, bis plötzlich und unerwartet der Befehl kam:

»Es reicht! Feuer aus!«

»Sie sind aber noch suppig.«

»Jetzt ist der richtige Moment.«

»...«

»Los! Genau jetzt!«

Die Masse im Sawari war noch so wässrig, dass Sentaro sie misslungen fand. Bei dieser flüssigen Konsistenz würden die Bohnen zwischen den Pfannkuchen herauslaufen.

Doch als er das Feuer ausschaltete und weiterrührte, wurde die Paste, die er anfangs als zu flüssig empfunden hatte, nach und nach fester. Tokue breitete ein Geschirrtuch auf der Arbeitsplatte aus.

»Jetzt sollte es eine Weile ruhen. Man nennt das ›Mitsuzuke‹ – Süße ziehen. Danach nehmen Sie den Holzspatel, streichen es glatt und stellen es auf.«

»Was?«

»Die Bohnenpaste, die Sie gerade gemacht haben, Chef.«

Tokue nahm dem verdutzten Sentaro den Holzspatel aus der Hand.

»Und jetzt machen wir eine Pause, Chef.«

7

Während des Mitsuzuke diktierte Tokue Sentaro, was er in sein Heft schreiben sollte.

Als er einwandte, er habe sich beim Zusehen schon alles gemerkt, forderte sie ihn auf, es ihr von Anfang an zu wiederholen. Also blieb ihm nichts anderes übrig, als sein Notizbuch aufzuschlagen.

»Sie haben allerhand Selbstvertrauen, Chef, oder?«

»Nein, eigentlich nicht.«

»Wer zu viel Selbstvertrauen hat, glaubt, er müsse sich nichts notieren. Aber bei Süßspeisen kommt es auf die kleinste Kleinigkeit an. Wie wollen Sie sich die merken, ohne sie aufzuschreiben?«

Entsprechend gab Sentaro klein bei, und Tokue erklärte ihm noch einmal alle Arbeitsgänge bis zum Mitsuzuke.

»Wo haben Sie das alles gelernt?«

»Ich mache es eben schon lange.«

»Fünfzig Jahre, haben Sie gesagt, oder?«

»Bestimmt sind viele Ihrer Kunden auch in meinem Alter, ja?«

Sentaro überlegte.

»Eigentlich sind die Schulmädchen in der Überzahl. Und sie gehen mir ganz schön auf die Nerven mit ihrem Krach.«

»Aber sie sind doch noch Kinder ...«

Tokue errötete unvermittelt. »Sie mögen es nicht, wenn junge Mädchen so laut sind?«

»Es sind Kundinnen, also muss ich es ertragen.«

»Vielleicht könnte ich sie kennenlernen?«

»Äh ...« Eine Ablehnung drängte sich ihm auf die Lippen, aber er hielt den Mund. An seinem Entschluss, Tokue nach Hause zu schicken, sobald das An fertig war, hatte sich nichts geändert. Er würde nicht davon abweichen.

Tokue spähte in den Topf.

»Jetzt ist es genau richtig.«

Sie schöpfte die Masse mit dem Kochlöffel direkt auf das Küchentuch.

»Macht man das so?«

»Das An schwitzt noch, und auf diese Weise kann es ein bisschen abdampfen. Wenn man es so abkühlen lässt, ergibt das eine köstliche Bohnenpaste.«

Beim Rühren stieg Dampf auf. Die Masse auf dem Tuch glänzte, und ihr aromatischer Duft breitete sich bis in den letzten Winkel der Küche aus.

»Ob sie zu den Pfannkuchen passt, die Sie später backen, Chef?«

Sentaro löffelte mit der Kelle Teig auf die heiße Platte.

Nach dem Rezept, das sein verstorbener Boss ihm beigebracht hatte, bestand der Teig aus drei Grundzutaten: Ei, weißer Zucker, leichtes Mehl. Diese wurden zu gleichen Teilen miteinander verrührt. Er gab ein bisschen Backpulver und Mirin, Reiswein, hinein und so viel Wasser, dass die richtige Dichte entstand. An diesen Ingredienzien hatte er die ganzen Jahre nichts verändert. Das Rezept war einfach und klar, kurzum etwas, das mit ein bisschen Übung jeder zustande brachte.

Das Problem war das Backen. Anders als bei Imagawayaki zum Beispiel, für die der Teig in Formen gegossen wird, benutzt man für Dorayaki eine flache Eisenplatte, auf der die Pfannkuchen in gleicher Größe und Dicke ausgebacken werden. Das wirkt ganz leicht bei einem Profi, aber für einen Anfänger ist es eine schwierige Aufgabe. Etwas mehr oder weniger Wasser im Teig macht einen großen Unterschied, und die Pfannkuchen gelingen nicht unbedingt in der gewünschten runden Form. Eine weitere Schwierigkeit ist das Timing, dreht man den Pfannkuchen nicht rechtzeitig um, brennt er sofort an.

Heute gelang es Sentaro wie nur selten, vollkommen gerundete identische Pfannkuchen auszubacken – vielleicht beeinflusste es ihn, dass er heute gelernt hatte, die Füllung dafür selbst herzustellen, oder er war aufmerksamer, weil Tokue die ganze Zeit neben ihm stand.

Nun blieben ihnen noch fünfzehn Minuten bis zur Öffnungszeit. Sie hatten um kurz nach sechs angefangen, also etwa viereinhalb Stunden gebraucht. Sentaro und Tokue saßen auf den Hockern in der Küche, streckten sich und rieben sich die Arme.

Dann füllten sie die fertigen Pfannkuchen mit noch warmer Bohnenpaste. Ein verlockender Anblick.

Mit einer kleinen Verbeugung vor Tokue nahm Sentaro einen Bissen.

Sofort stieg ihm das Aroma in die Nase und breitete sich bis in seinen Hinterkopf aus.

Der Geschmack der frischen Adzukibohnen hatte nichts mit dem des Fertigprodukts gemein. Er explodierte regelrecht in Sentaros Mund, und eine vollmundige, schmelzende Süße breitete sich darin aus.

Er grinste Tokue an und nahm noch einen Bissen. Das war eine eindeutige Verbesserung. »Wirklich, total anders«, sagte er und rieb sich die Wange.

»Und wie schmeckt's, Chef?«

»So ein An habe ich noch nie gegessen.«

»Wirklich nicht?«

»Endlich ein An, das man essen kann.«

»Ach?«

Tokue blickte auf das angebissene Dorayaki, das Sentaro in der Hand hielt.

»Was ist, Chef?«

Auch Tokue hörte auf zu essen.

»Nichts, aber ... Frau Yoshii ... «

»Ja?«

Sentaro legte sein Dorayaki auf den Teller zurück.

»Eigentlich esse ich nie ein ganzes.«

»Was?«

Tokue starrte ihn mit offenem Mund an.

»Warum nicht? Schmeckt es Ihnen nicht?«

Sentaro winkte hastig ab.

»Nein, das ist es nicht. Ich bin nur nicht so für Süßes.«

»Aber ...«

»Ja, ich weiß, Ihr An ist unschlagbar, Frau Yoshii. Ich habe noch nie ein so leckeres gegessen.«

»Mögen Sie wirklich nichts Süßes, Chef?«

Tokue ließ Sentaro nicht aus den Augen.

»So kann man das nicht sagen, nur ein ganzes kann ich nicht ...«

»Warum nicht, Chef?«

Je kleinlauter und dünner Sentaros Stimme klang, desto energischer und lauter wurde Tokue.

»Warum arbeiten Sie dann hier? Und backen Dorayaki?«

»Tja ... Warum?«

Tokue musterte ihn ungläubig.

»Ich schätze, ich bin irgendwie hier hängen geblieben.«

»Was heißt irgendwie?«

»Umständehalber.«

Sentaro nahm noch einen Bissen von dem Dorayaki in seiner Hand.

»Aber ... das ...«

»Was? Chef, Sie sind wirklich kein Mann von klaren Worten.«

»Ich merke es gerade erst. Ihr An ist perfekt, aber der Pfannkuchen ist nicht mal Durchschnitt. Das schmeckt unausgewogen.«

Kopfschüttelnd griff Tokue nach dem Rest ihres Dorayaki und schob es sich in den Mund.

»Stimmt. Jetzt, wo Sie es sagen.«

»Sehen Sie? Ihr An ist zu gut, man schmeckt nichts anderes. Es hat keinen Sinn, es zwischen solche Pfannkuchen zu packen. Die stören eher.«

Sentaro hörte, wie eine innere Stimme ihn warnte: »Pass auf. Halse dir nicht noch mehr Arbeit auf!« Aber da war es ihm schon herausgerutscht.

»Wenn die Pfannkuchen schmackhafter wären, wäre das Ganze viel besser ...«

»Meinen Sie? Wie wär's mit einer kleinen Verfeinerung?«

»Ja, aber vorläufig belassen wir es damit bei den Bohnen. In unserem Laden hatten wir noch nie so gutes An.«

»Auch wenn Sie jetzt noch so schwärmen, Chef, sind Sie doch irgendwie ... unzufrieden, oder? Ein Mensch, der Süßes nicht mag und in einem Dorayaki-Imbiss arbeitet! Wo gibt es denn so was?«

»Nein, ich sage es Ihnen doch – so ist das nicht. Schauen Sie, ich habe alles aufgegessen. Zum ersten Mal seit Langem.«

Demonstrativ klatschte Sentaro in die Hände und bürstete die Krümel ab.

»Irgendwie wurmt mich das.«

»Eigentlich geht es Sie aber gar nichts an.«

Das war eine Grobheit, und Tokue rümpfte die Nase.

»Und Sie meinen, Trinken hilft dagegen?«

Sentaro gab keine Antwort und stand auf, um den Rollladen hochzuziehen.

8

Die Bohnenpaste im *Doraharu* schmeckte also jetzt völlig anders.

Sentaro überlegte, ob er mit einem Schild darauf hinweisen sollte. Allerdings bestand dann die Gefahr, dass jemand fragte, was denn mit der bisherigen Füllung los gewesen sei, also beschloss er, die Neuerung nicht zu betonen. Dennoch trat an dem Tag, als er die neue Bohnenpaste einführte, eine Veränderung ein. Die stets kichernden Schulmädchen waren auf einmal ungewöhnlich still und sahen überrascht auf. »Warum sind die plötzlich so viel leckerer?«, fragte eine.

»Wir haben bessere Bohnen bekommen«, sagte Sentaro ausweichend, ohne Tokue zu erwähnen.

Auch die Kunden, die Dorayaki zum Mitnehmen kauften, erkundigten sich, ob er den Lieferanten gewechselt habe.

Als Tokue das nächste Mal kam, berichtete Sentaro ihr davon. Sie freute sich und strahlte, wollte jedoch mit keinem Wort gelobt werden.

»Aber der Verkauf ist nicht gestiegen, oder? Loben

können Sie mich, wenn ich Ihnen zu mehr Kunden verhelfe.«

»Ich bin froh, wenn überhaupt jemand kommt.«

»Also macht mein An gar keinen so großen Unterschied?«

»So ist die Welt ...«

»Auch wieder richtig.«

Tokue stand, den Holzspatel in der Hand, neben Sentaro und betrachtete unverdrossen die Bohnen in der Schüssel.

Tokues Bohnenpaste war jedes Mal erstklassig.

Ihr ganzes Verhalten bei der Arbeit gab Sentaro das Gefühl, dass er sich uneingeschränkt darauf verlassen konnte. Stets widmete sie den Bohnen ihre ungeteilte Aufmerksamkeit. Jeden Schritt führte sie so geschickt aus, als hätte die Deformation ihrer Hände keinerlei Bedeutung.

Auf Tokues Vorschlag hin, es mit verschiedenen Bohnensorten zu versuchen, bestellte Sentaro zu den Bohnen aus Kanada auch solche aus Amerika und aus Shandong in China. Obwohl Tokue sämtliche Sorten gleichermaßen zu ihrem köstlich aromatischen An verarbeitete, gab es stets einen Unterschied im Geschmack, und auch der Glanz war individuell. Tokue quittierte dies stets mit einem »Interessant, nicht wahr?«.

Durch die Verwendung wechselnder Sorten wurde die Arbeit auch umständlicher. Die Schwierigkeiten waren nicht zu leugnen, aber Sentaro war stets aufs Neue fasziniert vom Kochen der Bohnen. Ob man »sortenreine« Dorayaki verkaufen konnte, wenn je nach Herkunftsland so starke Eigenheiten hervortraten? Oder ob es profitabler wäre, mit Konfekt wie Yokan oder Kintsuba zu handeln, das nur aus roten Bohnen bestand? So vieles ging ihm durch den Kopf.

Jedenfalls steckte er alle seine Kraft in die Arbeit und beschäftigte sich pausenlos mit Neuerungen und unbekannten Produkten. Das hielt er Tag um Tag durch, bis sich natürlich irgendwann körperliche Erschöpfung einstellte. Hinzu kam eine gewisse Gereiztheit gegen sich selbst, weil er sein Verhalten als irgendwie unsinnig empfand.

In Sentaro erwachte das Gefühl, dass es für ihn vielleicht doch noch ein Leben jenseits der roten Bohnen geben konnte, wenn er es nur ernsthaft wollte. Und das war eine ganz neue, belebende Empfindung. Es stand außer Frage, dass er nicht zum Vergnügen im *Doraharu* arbeitete. Ob der Tag, an dem er sich ganz dem Schreiben widmen würde, einmal kommen würde oder nicht, er musste sich auf alle Fälle von dem Leben hinter der Backplatte verabschieden. Das war sicher.

Ob es an diesem Entschluss lag oder eben einfach so war, aber an den Tagen, an denen Tokue nicht da war und er allein herumprobierte, misslangen ihm die Bohnen unweigerlich. Kaum dachte er, er hätte es ein bisschen raus, roch es auch schon angebrannt. Oder das Ergebnis war ihm entweder zu zäh und klebrig oder zu suppig oder zu trocken.

Aber weil er die Kanister nicht mehr bestellte, streckte er das An, wenn Tokues Vorrat knapp wurde, trotz allem mit seinem eigenen. Und fühlte sich, als er ihr die Mischung zu kosten gab, wie ein Grundschüler bei einer Klassenarbeit.

Tokue stand aufgerichtet da und steckte sich den Löffel mit seinem An in den Mund. Sie schaute in die Luft und ließ den Blick durch den Raum schweifen. »Das Aroma schwimmt ein wenig«, sagte sie, lehnte aber seine Schöpfung nicht rundheraus ab. »Schmeckt interessant«, fügte sie hinzu.

Sie schien sich sogar an der Mischung zu freuen, obwohl sie bei der Zubereitung ihrer eigenen Paste fast absurde Sorgfalt walten ließ.

»Ich sollte es noch mal neu machen«, sagte Sentaro.

»Es schmeckt jedenfalls viel besser als das vom Händler.«

»Im Ernst? Das überrascht mich.«

»Rote Bohnen können sehr robust sein.«

Wenn ihn der Mut verließ, ermunterte Tokue ihn mit ihrem Optimismus. Dafür war Sentaro ihr dankbar, gleichzeitig machte sie es ihm damit auch schwerer.

Wenn sie die Bohnen fertig hatte, war sie immer ziemlich erschöpft. Und obwohl er ihr unzählige Male gesagt hatte, sie solle gehen, bevor die Kundschaft kam, blieb Tokue noch ein oder zwei Stunden in der Küche sitzen, während die Öffnungszeit näher rückte.

Natürlich war das unvermeidlich. Sie war schließlich nicht mehr die Jüngste. Außerdem recht gebrechlich. Es wurde auch an diesem Tag später und später, während Tokue weiter auf ihrem Stuhl in der Küche ausharrte. Mit abwesender Miene und offenem Mund. Sie sei erschöpft. Die Hüfte. Offenbar hatte sie nicht einmal mehr die Kraft, Tee zu trinken, und saß, ihre Schürze auf dem Schoß, regungslos da. Sie schien noch schlechter zu hören als sonst, schaute bei allen möglichen Geräuschen aus der Einkaufsstraße zu Sentaro auf und fragte: »Was ist?« Natürlich konnte Sentaro sie in diesem Zustand nicht nach Hause schicken. Und gleich würden die ersten Kunden kommen. Mist, dachte Sentaro.

Irgendwie war Tokue gewitzt genug, sich hinter den Regalen zu verbergen, machte aber keine Anstalten zu gehen. Und als eine Kundin mit einem Baby vor der Glastür stand, steckte die alte Frau halb den Kopf heraus, wiegte sich hin und her und sagte »Dududu« dabei. Und sobald eine Schar Kinder auftauchte, rief sie laut: »He, Chef, Kundschaft!«

Nun wurde es Sentaro doch zu bunt. »Jetzt gehen Sie aber mal allmählich!«, schimpfte er, worauf Tokue leise durch die Hintertür verschwand.

Es war an einem heißen Hochsommernachmittag.

Mit einem leisen Stöhnen öffnete Sentaro den Gefrierschrank. Die Kunden standen zwar noch nicht Schlange, aber an diesem Tag hatte er fast unentwegt zu tun. Da seine am Morgen angerührte Bohnenpaste zu Ende ging, wollte er etwas zum Auffüllen herausholen. Aber es war nichts mehr da. Ab jetzt konnte er niemanden mehr bedienen. Und das, obwohl die Sonne noch ziemlich hoch am Himmel stand.

Er entschuldigte sich bei den wartenden Kunden und hängte eine Holztafel mit der Aufschrift »Leider ausverkauft« an die Tür. Sie lag zwischen all dem Krimskrams im Regal, den sein Vorgänger zum Spaß gekauft hatte. Soweit Sentaro sich erinnern konnte, war dieses Schild noch nicht ein Mal zum Einsatz gekommen.

Verwundert fragte er sich, ob er zu wenig An vorbereitet hatte, und schaute sich noch einmal den Zettel an, auf dem er die Menge notiert hatte. Sie unterschied sich nicht von der sonstigen.

Hastig überprüfte Sentaro, wie viel er verkauft hatte. Alles in allem dreihundert Stück. Das war ein Rekord.

Er ließ den Rollladen hinunter und trat auf die in die spätnachmittägliche Sonne getauchte Einkaufsstraße. Ausgelaugt und erhitzt, wie er war, führten ihn seine Schritte zu dem Nudellokal, wo er sich einen Schluck genehmigte.

Dies war nicht der Beruf, den er sich gewünscht hatte, und bisher war es sein einziger und größter Wunsch gewesen, möglichst schnell frei zu sein. Doch nun verspürte er ein Erfolgsgefühl, als hätte er einen Pass überwunden. Sentaro empfand Verwirrung. Am liebsten hätte er ein kleines Hurra ausgestoßen, andererseits war es irgendwie kompliziert ... Er verstand sich selbst nicht mehr.

Was sollte er jetzt machen?

Immerhin gab ihm der verfrühte Feierabend die Möglichkeit, unverzüglich darüber nachzudenken.

Sentaro überlegte und trank.

Sollte er von nun an immer einfach das Schild aufhängen, wenn es kein An mehr gab? Oder sollte er die Gelegenheit ergreifen und sein Augenmerk auf das Abendgeschäft richten?

Er erwog das Für und Wider.

Würde er mehr verkaufen, würde auch sein Anteil steigen. Er könnte die Summe erhöhen, die er der Witwe zurückzahlte. Auf der anderen Seite gab es natürlich auch genügend Gründe, das Handtuch zu werfen. Er konnte sich kaum vorstellen, seinem Körper noch mehr abzuverlangen. Von morgens bis abends Dorayaki zu machen war einfach zu viel. So verrannen die Tage in nicht enden wollender Wiederholung.

Aber trotzdem, dachte Sentaro.

Der Tag, an dem er sich von der Hölle der Backplatte befreien konnte, war gewiss nicht mehr fern, wenn er jetzt den ganzen Tag lang dort arbeiten würde. Sollte es dann nicht sein oberstes Ziel sein, wie verrückt zu schuften und Geld zu sparen? Warum hatte Gott ihm sonst diese alte Frau geschickt? Die die besten roten Bohnen für ein lachhaftes Gehalt machte? Wenn das keine Gelegenheit war, was denn sonst?

»Die Zeit ist reif«, murmelte Sentaro benommen. Jetzt musste er konkret über sein weiteres Vorgehen nachdenken.

Die Einkaufsstraße hatte zwar bessere Zeiten gesehen, aber während des Berufsverkehrs am Abend machten viele Leute auf dem Heimweg dort ihre Erledigungen.

Konditoreien und Süßwarenläden in der Innenstadt bereiteten sich tagsüber vor und hatten dann vom späten Nachmittag bis in die Nacht hinein geöffnet. Ungewöhnlich viele Büroangestellte bekamen, nachdem sie ein Gläschen getrunken hatten, noch einmal Lust auf etwas Süßes. Da war es doch eindeutig blöd, den Imbiss so früh zu schließen.

Er musste mindestens bis acht oder neun Uhr geöffnet haben. Auch wegen möglicher neuer Kunden durfte er den Rollladen auch in Zukunft nicht vor dem Berufsverkehr herunterlassen.

Aber wer sollte die ganze Bohnenfüllung zubereiten, die er dann brauchen würde?

An dieser Stelle kam Sentaro nicht weiter.

Undenkbar, dass eine Sechsundsiebzigjährige, die sich dauernd hinsetzen musste, das schaffen würde.

9

»Könnten wir auch mehr An machen als bisher?«, fragte Sentaro, einige Tage nachdem er das Ausverkauft-Schild hatte aufhängen müssen.

Tokue sah ihn schweigend an, ohne »Hä?« oder »Wie?« zu sagen. Nach einer kurzen Pause lächelte sie. »Gern, Chef.«

»Weil Ihr An so gut schmeckt, haben wir jetzt viel mehr Kundschaft, Frau Yoshii.«

»Und deshalb brauchen wir mehr An.«

»So bald wie möglich.«

»Ich bin dabei.«

Ohne Murren akzeptierte Tokue die Mehrarbeit. Und die beiden beschlossen, von nun an jeden Morgen zehn Kilo An herzustellen.

»Wir haben jetzt ganz schön zu tun, was?«

»Ist doch gut.«

»Wie fühlen Sie sich? Schaffen Sie denn überhaupt noch mehr?«

»Die Arbeit, für die man Kraft braucht, machen ja Sie, Chef, oder?«

»Ja, klar, aber trotzdem wird es viel.«

»Wollen wir dann heute schon anfangen?«

Tokue wiegte sich unternehmungslustig hin und her.

Sentaro erfuhr zum ersten Mal in seinem Leben, was der Ausdruck »alle Hände voll zu tun haben« wirklich bedeutete. Er musste so viel Teig ausbacken, dass er nicht einmal Zeit hatte, sich zu strecken. Gleichzeitig musste er Kunden bedienen, An nachfüllen und kassieren.

Aber Sentaro hatte nicht vor, seine üblichen Pausen einzulegen. Er ließ Tokue nicht öfter kommen. Stattdessen schuftete er unablässig von morgens bis abends, als wäre er hinter der Backplatte festgeschmiedet.

So vergingen die Tage. Es gab Hochs und Tiefs, dennoch gelang es ihm, den Verkauf weiter zu steigern.

Bald brach die Regenzeit an und der Kirschbaum vor dem Laden triefte vor Nässe. Die tropfenden Blätter glänzten in einem tiefen Grün. Ihnen tat die Feuchtigkeit gut, aber für einen Dorayaki-Imbiss, der nicht mit Konservierungsmitteln arbeitete, war es eine schwierige Jahreszeit.

Hohe Temperaturen und Nässe waren die Feinde der roten Bohnen. Gewisse Arten von An mit starkem Zuckergehalt hielten sich besser, aber das für Dorayaki und Hefeklöße war empfindlicher. Je nach Witterung änderte sich seine Beschaffenheit schon nach einem halben Tag.

Auch beim Backen der Pfannkuchen musste Sentaro umsichtig sein. Machte er zu viele, zogen sie Feuchtigkeit und wurden so pappig, dass sie sich nicht mehr verwenden ließen. Um das zu vermeiden, blieb ihm nichts anderes übrig, als die Anzahl der Kunden ungefähr zu schätzen und sie in geringerer Stückzahl zu backen. In der Regenzeit dauerte alles länger und war mühsamer.

Aber dank Tokues Bohnen florierte das *Doraharu* plötzlich in ungeahntem Ausmaß. Die Kunden standen mit ihren Schirmen Schlange vor dem Imbiss. In all den Jahren, in denen Sentaro in der Regenzeit geöffnet hatte, war so gut wie keine Kundschaft gekommen, aber jetzt konnte er sich vor Arbeit kaum retten.

Es war so viel zu tun, dass Sentaro fast an der Backplatte zusammenbrach.

Und dazu kam auch noch die Schwüle.

Durch die geöffnete Glastür wallte die für diese Jahreszeit typische dampfige Wärme in den Laden. Die Klimaanlage lief, aber das half Sentaro an seiner glühend heißen Backplatte nicht viel. Sein Arbeitshemd war schweißdurchtränkt, und er musste beim Backen große Mengen Wasser in sich hineingießen. Sein Appetit schwand ganz von selbst, bis er kaum noch ein Supermarkt-Sandwich herunterbekam. Und dennoch arbeitete Sentaro wie besessen und ohne Pause.

Der Himmel blieb verhangen, und eines Tages, als er die »Ausverkauft«-Tafel an die Tür hängte, empfand Sentaro eine nie gekannte körperliche Schwere. Sobald er nach Hause kam, taumelte er in die Küche und legte sich dort auf den Boden. Ins Bett ging er erst, nachdem er eine beträchtliche Menge Whisky intus hatte.

Am Tag danach.

Sentaro saß gebeugt auf dem Stuhl in der Küche des *Doraharu*. Im Sawari war Bohnenpaste, die er selbst gemacht hatte. Das Mitsuzuke war fast beendet, das hieß, sie hatte beinahe genügend Süße gezogen. Wenn er mit dem Kochlöffel einen Teil abnahm und in Tokues Bohnen mischte, hatte er eine ausreichende Menge.

Obwohl er wusste, was er zu erledigen hatte, konnte Sentaro nichts tun. Er rührte sich nicht. Er saß nur still in der kühlen Luft aus der Klimaanlage. Es war ihm zu viel, auch nur einen Finger zu rühren.

An diesem Tag machte Sentaro den Imbiss nicht auf.

Er war unversehens im Sitzen eingeschlafen, und als er die Augen aufschlug, war es schon fast Mittag. Endlich kam er in Bewegung, konnte sich aber nicht dazu durchringen, den Rollladen hochzuziehen. Mehrmals nach Luft schnappend, verpackte er die Bohnenpaste, aber bevor er sie in den Gefrierschrank brachte, ließ er sich wieder auf den Stuhl fallen.

Sentaro zog seine Schürze aus und verließ den Imbiss.

Obwohl es bis zum Morgen bewölkt gewesen war, herrschte jetzt ein blendendes, stechendes Licht auf der Straße. Um der Sonne zu entgehen, ging Sentaro in den Schatten des Kirschbaums.

Eine verfrühte Grille hopste ihm zirpend entgegen.

Sentaro legte beide Hände an die raue Baumrinde, aber er schaffte es kaum, sich aufrecht zu halten. Am ganzen Körper brach ihm der kalte Schweiß aus. An den Stamm der Kirsche gelehnt, beobachtete er die im Wind flirrenden Blätter. Das tiefe Grün der Krone. Mehr nahmen seine Augen nicht wahr.

Plötzlich tauchte zwischen den Blättern das Gesicht seiner Mutter vor ihm auf. Sie hatte ihn immer wieder besucht, als er im Gefängnis gewesen war. Damals, als sie das erste Mal schweigend jenseits der Plexiglasscheibe gesessen hatte, schien sie ihm mit einem Schlag gealtert.

Auf einmal stiegen Sentaro Tränen in die Augen. Da sie überzuquellen drohten, verließ er die Einkaufsstraße mit den Passanten und trat auf die Fahrbahn. Er starrte auf den Verkehr, konnte weder vor noch zurück. Ein Gefühl von Angst ergriff ihn, und er machte sich endlich auf den Weg nach Hause.

Der Himmel war wieder klar, und greller Sonnenschein umfing ihn. Aber je ungetrübter und heller die Szenerie wurde, desto stärker empfand Sentaro die Erbärmlichkeit seines Daseins. Vertane Zeit schien sich zu seinen Füßen zu türmen. Er fühlte sich wie Abfall, während er die Straße hinauftrottete. *Sterben* – flüsterte es von irgendwoher.

Nachdem er eine Weile ziellos umhergeirrt war, kam er endlich in seiner Wohnung an, wo er sich, wie er war, auf den noch immer ausgebreiteten Futon warf.

In Sentaros Brust schien sich das Blut zu stauen, und starke Hitze ging von dieser Stelle aus.

Sterben, sagte die Stimme. Wäre es nicht besser zu sterben?

Sentaro versank in dieser Stimme, als würde er in sie hineingesogen. Immer wieder schnappte er nach Luft, hatte das Gefühl zu ertrinken. Dennoch träumte er. Schweißgebadet rang er nach Atem. Alles um ihn herum verschwamm, und er wusste nicht, wo er war.

10

Das Telefon klingelte.

Sentaro hob den Kopf. Hinter dem Vorhang war es Tag. Er schaute auf die Uhr, kurz nach acht. Sentaro begriff nicht, was das Telefon von ihm wollte. Und warum war es überhaupt so hell? Das Telefon hörte nicht auf zu klingeln, und Sentaro kroch in die Küche, wo es stand.

»Chef, was ist los?« Tokues Stimme.

Sentaro murmelte etwas, und Tokue fragte noch einmal: »Was ist los?«

»Tja, ich weiß nicht ...«

»Ist alles in Ordnung bei Ihnen, Chef?«

In Sentaros benebeltem Kopf tauchte wieder die Szene am Straßenrand auf und wie der Kirschbaum sich angefühlt hatte.

»Also ... ich ...«

Er hatte Tokue für alle Fälle einen Ersatzschlüssel für das *Doraharu* gegeben. Anscheinend hatte sie den Imbiss von sich aus geöffnet und mit der Arbeit angefangen.

»Haben Sie verschlafen? Oder sind Sie krank?«

»Entschuldigen Sie.« Eigentlich wollte er sagen, dass er gleich käme, aber seine Kehle war wie zugeschnürt. »Es geht mir nicht so gut«, brachte er schließlich heraus.

»Wie – nicht so gut? Tut Ihnen was weh?«

»Ich glaube, ich bin einfach erschöpft.«

»Kommen Sie zurecht?«

»Am besten ruhe ich mich etwas aus.«

Tokue machte eine Pause. »Das kommt, weil Sie es mit der Arbeit übertrieben haben. Ist schon in Ordnung«, sagte sie.

»Tut mir leid.«

»Ich habe mit dem An angefangen, also mache ich es fertig und gehe dann, ja?«

»Danke. Schaffen Sie es allein?«

»Klar. Wie wäre es denn, wenn Sie mal zwei oder drei Tage Pause machten?«

Wenn er so lange Pause machte, konnte er ja gleich abhauen, dachte er und wehrte Tokues Vorschlag ab.

»Nein, ich komme morgen. Und wenn Sie heute fertig sind, Frau Yoshii, gehen Sie bitte gleich nach Hause.«

An dieser Stelle holte Tokue kurz Luft, als hätte sie noch etwas zu sagen.

»Ich danke Ihnen«, sagte Sentaro nur und legte auf.

Am nächsten Morgen ging Sentaro früher als sonst zur Arbeit. Als er am *Doraharu* ankam, war der Rollladen ein Stück hochgezogen, und ein süßer Duft zog darunter hervor.

»Frau Yoshii?«

»Ah, Chef!«

»Was machen Sie denn schon so früh hier, Frau Yo-shii?«

»Ich dachte, ich koche an Ihrer Stelle die Bohnen.«

»Ach?«

Es war einer der Tage, an denen Tokue normalerweise nicht arbeitete, trotzdem hatte sie schon allein angefangen. Ein wenig ratlos bedankte sich Sentaro mit einer kleinen Verbeugung.

»Wie geht es Ihnen heute, Chef?«

Den Blick auf die köchelnden Bohnen im Sawari gerichtet, schenkte Tokue ihm ein kleines Lächeln.

»Ich glaube, es ist wieder alles in Ordnung«, sagte er.

»Ohne dass Sie sich etwas ausgeruht haben? Wie soll das denn gehen?«

»Ich werde Ihren Rat bald beherzigen«, sagte Sentaro entschuldigend. Er zog seine Arbeitskleidung an, aber beim Zuknöpfen stutzte er.

Gestern am Telefon hatte Tokue ihm erzählt, sie habe mit dem Kochen angefangen. Demnach müssten jetzt eigentlich die Bohnen, die sie für heute brauchten, bereitstehen. Warum kochte sie an diesem Morgen schon wieder welche?

»Frau Yoshii, Sie haben doch schon gestern An gemacht. Was ist damit?«

Tokue löste ihren Blick vom Sawari, schaute Sentaro aber nicht direkt an. Sie holte einmal tief Luft, bevor sie ihm in die Augen sah.

»Äh ja, also ... Ich habe überlegt, was ich machen soll.

Erst habe ich das An gekocht, dann habe ich mich ein Weilchen ausgeruht. Und plötzlich sind Kunden gekommen.«

»Wie bitte?«

»Ja, und wo sie nun einmal da waren, blieb mir nichts anderes übrig, als sie zu bedienen.«

»Wie?«, fuhr Sentaro auf. »Sie haben Kunden bedient? Und was war mit dem Rollladen?«

»Es gefiel mir nicht, dass er ganz unten war. Also habe ich ihn ein wenig geöffnet, so wie jetzt, und die Kunden haben durch den Spalt gerufen.«

»Aber so hatten wir es nicht verabredet. Sie sollten An machen und dann wieder gehen.«

Sentaro spürte, wie ihm der Schweiß unter den Achseln ausbrach.

»Und die Pfannkuchen?«

»Äh ja, die habe ich auch gebacken.«

»Das konnten Sie?«

»Ja, irgendwie schon. Entschuldigen Sie, Chef.«

»Das hilft jetzt auch nichts mehr ...«

Tokue legte den Holzspatel aus der Hand und deutete auf die Theke.

»Und weil ich nicht wusste, wie man Buch führt, habe ich dort aufgeschrieben, wie viel ich verkauft habe.«

»Ganz schön eigenmächtig ...«

Es war eine einfache Tabelle, in die sie mit ihrer eigentümlichen verschnörkelten Schrift die Zahlen eingetragen hatte. Sie hatte eine Menge Dorayaki verkauft.

»Und das haben Sie alles allein gemacht?«

»Ich hatte ja auch alle Hände voll zu tun. Die ganze Zeit.«

»Wirklich ganz allein?«

»Ja. Nur beim Rollladenhochziehen hat der erste Kunde mir geholfen. Und beim Runterlassen der letzte.«

Wie hatte sie nur bedient? Welchen Teig ausgebacken? Wie mit ihren schiefen Fingern mit dem Geld hantiert? Was hatten die Kunden gedacht?

Sentaro hätte sich am liebsten auf der Stelle hingesetzt. Tokue entschuldigte sich unentwegt.

»Nein, nein. Ist ja nicht schlimm. Ich bin nur überrascht. Sie hätten ja mal ein Wort sagen können.«

»Aber dann hätten Sie es bestimmt verboten, Chef.«

Sie hatte eindeutig ihre Abmachung gebrochen, aber Sentaro wusste auch, dass er kein Recht hatte, mit ihr zu schimpfen. Tokue griff wieder nach dem Holzspatel und stand stocksteif da wie ein gemaßregeltes Kind.

»Aber ganz allein den Verkauf zu machen … Das muss doch anstrengend für Sie gewesen sein.«

»Ja, anstrengend.«

»Und trotzdem sind Sie heute Morgen schon wieder so früh hier.«

»Ja, so früh.«

Am Ende seiner Weisheit angelangt, schlug Sentaro sich spontan auf die Wange. Tokue drehte überrascht den Kopf, aber er griff, ohne davon Notiz zu nehmen, nach dem Messbecher.

»Chef …«

»Ist schon gut. Wie viele Bohnen haben wir noch?«

»Zwei Kilo ungekochte.«

Sentaro nickte und füllte die entsprechende Menge Zucker für den Sirup in den Messbecher.

»Chef?«

»Ja?«

»Sind Sie jetzt sauer?«

»Nein, gar nicht.«

Sentaro wusste selbst nicht mehr, warum er sich auf die Wange geschlagen hatte.

Tokue war nun den ganzen Tag in bester Stimmung und redete ununterbrochen, während sie in den roten Bohnen rührte.

»Woher kommen Sie eigentlich, Chef?«

»Aus Takazaki.«

»Und waren Sie die ganze Zeit in Tokio, seit Sie von dort weg sind?«

»Nein, mal hier, mal da.«

»Oh, da beneide ich Sie.« Tokue stieß einen Seufzer aus.

»Da gibt es nichts zu beneiden. Ich habe mich nur, na ja ... eben treiben lassen.«

»Ach? Und wo überall?«

»Ich war hauptsächlich in Kanto, in der Tokioter Gegend.«

»Trotzdem ist das schön. Ich habe meine Kindheit in Aichi verbracht.«

»Aichi?«

»Ja. In der Nähe von Toyohashi an der Iida-Linie ... in der tiefsten Provinz.«

Tokue hob, was sie sonst nie tat, den Blick von den Bohnen und sah Sentaro an.

»Aber die Kirschblüte ist wunderschön dort.«

»Wie heißt denn das Dorf, aus dem Sie stammen?«

»Ach, ist doch egal ...« Tokue machte eine Pause. »Jedenfalls gibt es dort eine felsige Klippe, und darunter fließt ein Fluss. Zwischen der Klippe und dem Fluss ist alles voller Kirschbäume. Nirgendwo sind die Kirschblüten so schön wie dort.«

Aus irgendeinem Grund schien Tokue den Namen ihres Heimatortes nicht preisgeben zu wollen.

»Fahren Sie manchmal hin?«

»Nein, ich war seit Jahrzehnten nicht dort.«

Tokue wandte ihren Blick wieder den Bohnen im Topf zu.

»Was ist Ihr Lieblingsgericht, Chef? Wofür ist Takazaki denn bekannt?«

»Lassen Sie mich nachdenken. Ja, für Daruma-Bento. Zumindest gibt es das dort an den Bahnhöfen.«

Sentaro lächelte, während er Wasser in den Topf für den Sirup gab. Das waren Fragen, wie man sie in der Grundschule gestellt bekam. Doch im Augenblick war er ihr fast dankbar dafür.

»Ein Daruma-Bento muss weiß und rot sein, der Inhalt kann variieren.«

»Ah, Bahnhofs-Bentos – Proviant für die Reise, das ist toll.«

»Und was ist Ihr Lieblingsgericht, Frau Yoshii? Aichi ist für seine Gerichte mit Miso berühmt, oder? Oder für diese Bandnudeln – Kishimen?«

Tokue winkte ab. »In meiner Kindheit gab es solche Leckereien nicht. Wir lebten völlig abgeschieden auf dem Land. Bei uns übergoss man statt Tee eingelegte Kirschblüten mit heißem Wasser.«

»Das klingt fremdländisch.«

»Das moderne und das alte Japan sind ja auch wie zwei verschiedene Länder.«

Sentaro nickte und stellte den Siruptopf aufs Feuer.

»Alles ändert sich, oder? Und dann steht man da.«

»Wie meinen Sie das?« Tokue richtete sich auf und musterte Sentaro von oben bis unten.

»Ach, nur so … Ich …«

»Ja?«

»Na ja … ich habe Schulden. Bei der Inhaberin.«

»Ach du liebes bisschen! Chef!«

»Ich hatte, wie soll ich sagen, eine schlechte Zeit.«

»Ist es viel? Wurden Sie reingelegt?«

»Nein, ich schulde das Geld ganz offiziell dem Vorbesitzer. Deshalb bin ich hier. He, passen Sie auf die Bohnen auf!«

Tokue warf hastig einen Blick in den Topf.

»Warum haben Sie sich das Geld geliehen?«

Sentaro starrte in den Siruptopf. Auf seinem Boden sprudelten kleine Bläschen.

»Ich bin nicht stolz darauf, aber ich komme im Leben einfach nicht zurecht. Wahrscheinlich weil ich einfach nicht weiß, was ich machen soll. Eigentlich wollte ich Schriftsteller werden. Aber bei mir geht alles schief. In letzter Zeit habe ich keine Zeile geschrieben. Ich weiß genau, dass ich ein Versager bin. Nicht mal Dorayaki kann ich richtig machen.«

»Aber Sie machen doch pausenlos welche.«

»Na ja.«

Tokue schaltete den Herd ab, starrte jedoch auf die gegarten Bohnen, ohne sie zum Abdampfen auf das Handtuch zu geben. Wieder wandte sie sich Sentaro zu.

»Gemeinsam werden wir es schaffen. Ich helfe Ihnen.«

Der Topf mit dem Sirup begann zu brodeln.

»Nein, ich habe Sie schon genug in Anspruch genommen. Sie sind wie eine Verbündete für mich. Na ja, das Schicksal ist eben hart, was?«

Als er die Tasse mit dem Zucker nehmen wollte, schlug Tokue plötzlich einen anderen Ton an.

»Was für ein Schicksal?«, fragte sie streng. »Sie sollten dieses Wort nicht so leichtfertig in den Mund nehmen, Chef.«

»Hm?«

»Das gehört sich nicht für einen jungen Menschen.«

Sentaro schluckte die Rüge und blickte zu Boden.

»Ich war selbst lange Zeit eingesperrt und durfte einen bestimmten Ort nicht verlassen.« Tokue unterbrach sich, drehte hastig den Kopf weg und begann Wasser in den Topf zu geben. Augenscheinlich war ihr die Bemerkung wider Willen entfahren.

»Tut mir leid, ich wollte Ihnen keinen Kummer machen«, sagte Sentaro.

»Mir tut es auch leid. Bitte vergessen Sie das«, sagte Tokue, ohne ihn anzuschauen.

11

Wieder begann eine neue Jahreszeit.

Aus den Kirschbäumen ertönte unentwegt das laute Zirpen der Zikaden, und während der kurzen Dämmerung wehte meist eine leichte Brise.

Weit entfernt von der üblichen sommerlichen Flaute, wurde das *Doraharu* nun immer beliebter.

Früher war die Zahl der Schülerinnen unter den Kunden in den Sommerferien drastisch geschrumpft. In diesem Jahr hingegen drängten sich täglich ganze Trauben von Mädchen an der Theke. Zu Sentaros Erstaunen war neben Dorayaki und kalten Getränken Tokue die Attraktion.

Einige machten auf dem Rückweg von ihrem Nachhilfeunterricht im Imbiss Station. »Mann, die Lernerei nervt vielleicht«, stöhnten sie, die Köpfe auf die Theke gelegt, sodass Tokue, die hinten im Laden saß, es hörte. Sie blieb sitzen, grinste aber.

»Dann solltet ihr euch mal einen Tag lang nach Herzenslust amüsieren.«

Die Mädchen zogen die Nasen kraus.

»Heißt das, wir sollen von Zuhause weglaufen?«

»Das müsst ihr ja wohl. Wenn ihr euch vergnügen wollt.«

»Meinen Sie das ernst?«

»Natürlich meine ich das ernst.«

»He, der Laden hier verführt Jugendliche zur Kriminalität.«

Auch wenn Tokue eine gewisse Distanz zu den Mädchen hielt, lauerte sie doch immer auf eine Gelegenheit, mit ihnen zu sprechen. Sentaro merkte das. Wenn von der Einkaufsstraße ihre lebhaften Stimmen hereinschallten, verzog Tokue sich traurig auf ihren Platz im hinteren Teil des Imbisses. Aber schon bald stahl sich verhaltenes Lächeln auf ihr Gesicht, und sie pirschte sich näher an die Theke heran.

»Zuhause ist es so langweilig. Wir haben gar keine Lust zu gehen«, beklagten sich einige Mädchen lebhaft, während sie mit ihr plauderten.

»Dann sucht euch doch eine Beschäftigung«, sagte Tokue prompt.

»Was denn für eine?«

»Ihr könntet hier jobben.«

»Schluss jetzt!«, rief Sentaro dann hinter seiner Backplatte hervor.

Im Grunde hätte er die Mädchen, die zwei Stunden lang an einem Dorayaki klebten, am liebsten rausgeworfen. »Hört auf mit dem Geschwätz und trollt euch«, lag es ihm auf der Zunge. Tokue dagegen geriet richtig ins Plaudern. Wie eine Talkshow-Moderatorin.

Seit dem Tag, an dem sie den Imbiss ganz allein ge-schmissen hatte, ließ Sentaro ihr freie Hand. Er hatte noch einmal darüber nachgedacht. Ihr Stundenlohn war viel zu gering, deshalb rechnete er ihr jetzt die ganze Zeit an, die sie im Laden war. Was jedoch nicht bedeute-te, dass er den uneingeschränkten Kontakt zu den Kun-den zuzulassen gedachte.

Denn dieser Kontakt bereitete ihm Sorge.

Ihm war nicht entgangen, dass sich bei einigen Kun-den der Ausdruck veränderte, wenn sie Tokue sahen. Ebenso war es bei manchen Schulmädchen, die an der Theke saßen. Sie verstummten beim Anblick von Toku-es Händen, und ein bestimmter Ausdruck trat in ihre Augen.

Es gab eine Schülerin, die zu keiner Clique gehörte und den Spitznamen Wakana trug. Sie selbst hatte ihm den Grund für diesen Namen nicht gesagt, aber den ande-ren Mädchen zufolge hatte es in dem Anime *Sazae-san* eine Figur namens Wakana gegeben, die eine ähnliche Frisur trug wie sie. Wakanas Eltern ließen sich gerade scheiden. Seitdem hätten sich ihre Frisur und ihr Cha-rakter total geändert, sagten die anderen Schülerinnen.

Wakana war ein wortkarges Mädchen. Stets schaute sie, während sie ihr Dorayaki verzehrte, irgendwie me-lancholisch in Richtung Küche. Ihr zielloser, unergründ-licher Blick beunruhigte Sentaro, weshalb er sie hin und wieder fragte, was mit ihr los sei.

Aber Wakana schwieg immer. Erst als Tokue ihr einmal

die misslungenen Dorayaki mitgab, erzählte sie von sich aus, dass ihre Mutter nachts arbeite und sie immer knapp bei Kasse seien. Außerdem liege bei ihnen zu Hause dauernd Männerunterwäsche herum, obwohl ihre Mutter und sie doch allein lebten.

Seither füllte Tokue öfter missglückte Pfannkuchen mit An, um sie ihr zu schenken. Manchmal schimpfte Sentaro deshalb, aber Tokue ließ sich nicht beeindrucken. »Ist doch besser, als sie wegzuschmeißen«, sagte sie. Und sobald Wakana auftauchte, kündigte sie sie mit einem lauten »Kundschaft!« an.

»Die schmecken mir sogar besser als die perfekten«, befand das junge Mädchen, während Tokue gut gelaunt ihre Bohnen Süße ziehen ließ.

Und eines Tages, nachdem sie wieder ein misslungenes Dorayaki bekommen hatte, stellte Wakana die unvermeidliche Frage.

»Frau Yoshii, was ist denn eigentlich mit Ihren Fingern?«

Sentaro fuhr herum und sah gerade noch, wie Tokue auf ihrem Stuhl die Hände übereinanderlegte, um ihre Finger zu verstecken.

»Ja, weißt du, sie sind so, weil ich in meiner Jugend eine Krankheit hatte.«

»Was für eine Krankheit?«

Sentaro sah, dass Tokues Miene erstarrte.

»Eine schlimme Krankheit«, antwortete sie nur.

»Ach so.« Wakana nickte. Der Augenblick ging vorüber. Wortlos kaute sie am Rest ihres Dorayaki. Sentaro hatte das Gefühl, als wanderten die Kaugeräusche zwischen Tokue und Wakana hin und her.

Seit dem Tag ließ Wakana sich nicht mehr blicken.

Beim Abwaschen plauderte Tokue viel und gern über die Schulmädchen.

Soundso lachte in letzter Zeit endlich wieder. Vielleicht hatte sich die Situation bei ihr Zuhause verbessert. Aber Soundso schien Liebeskummer zu haben. Tokue hatte gesehen, wie ihre Freundinnen sie trösteten. Auch wenn die Zeiten sich geändert hatten, blieb das doch immer gleich. Übrigens hatte Soundso ihr ihr neues Smartphone gezeigt. Von so was hatte Sentaro bestimmt auch keine Ahnung. Die heutige Jugend lebte ja mit den Dingern in der Hand, nicht wahr? Was für Zeiten.

Tokue sprach auch über Wakana und bemerkte ihr Ausbleiben. »Neuerdings kommt sie gar nicht mehr«, sagte sie.

Sentaro, der gerade das Angebrannte von der Backplatte schabte, hob den Kopf. »Sie ist ein unerzogenes Ding.«

»Warum das denn?«

»So direkt nach Ihren Fingern zu fragen.«

»Haben Sie doch auch gemacht, Chef.«

»Bei mir war es wegen der Arbeit. Da muss man schon ein paar Fragen stellen.«

»Stimmt auch wieder.«

»Ja.«

»Was denken Sie?«

Sentaro verstand sie nicht und blickte sie fragend an.

»Etwas sehen und so tun, als würden sie es nicht bemerken, so verhalten sich Erwachsene. Ist das besser, als direkt zu fragen?«

»Schwierig. Kann ich Ihnen nicht sagen.«

»Wakana hat meine Finger von Anfang an bemerkt. Das wusste ich. Ihre Frage war nicht böse gemeint.«

»Glauben Sie?«

»Ja. Und deshalb hören Sie auf, so über sie zu reden.«

»Was ist denn jetzt los? Sind Sie jetzt sauer auf mich, oder was?«

Weil Tokue lachte, wurde es Sentaro wieder wohler.

»Sie haben viel übrig für Kinder, Frau Yoshii, oder? Darf ich auch einer Ihrer Schützlinge sein?«

»Ich wollte früher Grundschullehrerin werden, wissen Sie.«

»Grundschullehrerin?«

»Ja, aber am liebsten hätte ich Japanisch in der Mittelstufe unterrichtet. Ich hätte sehr gern studiert.«

»Ja, es waren schwere Zeiten nach dem Krieg«, nahm Sentaro ihr unwillkürlich das Wort aus dem Mund.

»Nicht nur wir waren arm, alle waren es.«

»Japanischlehrerin also?«, fragte Sentaro nach, um sie zum Weiterreden zu bewegen.

»Ich mochte Gedichte. Von Heinrich Heine, Hakushu Kitahara und so. In meiner Kindheit habe ich alle Gedichtbände aus dem Zimmer meines Bruders gelesen.«

»Das wusste ich ja gar nicht, Frau Yoshii.«

»Diese Bücher waren damals mein einziges Vergnügen. Ich lebte ganz in der Welt der Fantasie und mochte es, mir allerlei vorzustellen. Deshalb war ich auch überrascht, dass Sie Schriftsteller werden wollten, Chef.«

»Schnee von gestern.«

»Aber die Träume von früher vergehen nicht, oder? Nie hätte ich gedacht, dass ich in meinem Leben noch mal so lieben Mädchen begegnen würde. Das macht mich sehr glücklich.«

»Liebe Mädchen? Meinen Sie etwa diese Rasselbande?«

»Ja, natürlich. Ich konnte nicht Lehrerin werden, aber ein bisschen davon kann ich jetzt genießen. Ich danke Ihnen, dass Sie mich mit den Mädchen zusammenkommen lassen.«

»Sie müssen sich nicht bedanken. Schließlich arbeiten Sie für mich.«

Während er die Backplatte mit einer Scheuerbürste bearbeitete, hoffte er, Wakana würde sich mal wieder blicken lassen.

12

Die Sommerferien gingen zu Ende, und die Mädchen trugen wieder ihre Schuluniformen, wenn sie ins *Doraharu* kamen. Die Sonne schien zwar noch ziemlich warm, aber die Abende waren schon empfindlich kühl. Und wenn der Wind die Kirschbäume zauste, segelte bereits das ein oder andere verfärbte Blatt vor dem Imbiss zu Boden.

Eines Tages – Sentaro war gerade dabei, den Imbiss auszufegen und die Blätter zu entfernen, die sich in der Schiene des Rollladens verklemmt hatten – trat jemand von hinten an ihn heran.

»Ah, Sie sind es, gnädige Frau«, rief er ein wenig erschrocken.

»Entschuldige, dass ich so spät noch hereinschaue.«

Sentaros Gedanken rasten, während er die Witwe zu einem der Sitze an der Theke führte.

Für gewöhnlich legte er ihr jede Woche die Abrechnungen vor. Manchmal trafen sie sich im Geschäft, mitunter ging Sentaro auch zum Haus des verstorbenen Besitzers. Aber all das geschah stets auf Verabredung.

Da die Witwe jeden Tag zum Arzt ging, war sie außerordentlich beschäftigt. Außerdem arbeitete Sentaro viel, und so hatte er tagsüber selten Zeit. Daher fanden ihre Besprechungen meist nach Geschäftsschluss statt, wenn keine Kunden mehr da waren.

Diese stillschweigende Übereinkunft kam Sentaro sehr zupass, weil die Witwe ihre Besuche deshalb am Tag zuvor telefonisch anzukündigen pflegte. Auf diese Weise konnte er noch sauber machen und die Buchhaltung in Ordnung bringen. Und vor allem dafür sorgen, dass die Witwe Tokue Yoshii nicht begegnete.

Aber warum kam sie auf einmal unangekündigt? Eine düstere Vorahnung beschlich Sentaro. Gerade noch hatte Tokue das Geschirr abgewaschen. Wäre die Witwe eine Stunde früher aufgetaucht, wären die Frauen sich über den Weg gelaufen.

»Würdest du mir einen Tee machen, Sentaro?« Die Witwe lehnte ihren Stock an die Theke und deutete auf die Becher. Sentaro setzte den Kessel auf.

»Halte ich dich von der Arbeit ab?«

»Aber nein. Wie geht es Ihnen denn?«

Die Witwe saß da und ließ ihren Blick bald hierhin, bald dorthin schweifen. Plötzlich spitzte sie die Lippen und musterte Sentaro streng.

»Weißt du, mir ist da so ein Gerücht zu Ohren gekommen. Angeblich beschäftigst du eine Aushilfe.«

»Ja, Frau Yoshii.«

»Yoshii heißt sie also?«

Offenkundig bahnte sich hier eine Katastrophe an.

Sentaro wandte den Blick ab und legte die Hand um den Henkel des Kessels.

»Eine Bekannte hat es mir erzählt. Sie sagt, die Frau sei an den Händen behindert.«

Sentaro blinzelte.

»Ja, eine kleine ... Was ist damit?«

»Sie soll auch eine Gesichtslähmung haben.«

»Ist mir nicht aufgefallen.« Sentaro zuckte die Achseln.

»Meine Bekannte hat das gesagt. Ob es stimmt oder nicht, natürlich ist es nicht sehr nett, so etwas zu sagen, aber könnte es sein, dass sie Lepra hat?«

»Lepra?«

»Oder Morbus Hansen, wie man heutzutage sagt.«

Die Hansen-Krankheit ... Sentaro hatte das Gefühl, sämtliches Blut wiche ihm aus dem Gesicht.

»Es beunruhigt mich. Ich war schon mal vor einer Stunde hier und habe im Vorübergehen in den Laden geschaut.«

»Warum machen Sie es so kompliziert? Sie hätten doch ganz normal reinkommen können. Dann hätten Sie auch Frau Yoshii kennengelernt.«

Die Witwe nickte zwar, maß Sentaro jedoch mit einem strengen Blick.

»Ich weiß, dass dir das unangenehm ist, Sentaro. Deshalb hast du eine Begegnung zwischen uns bisher verhindert.«

»Wie? Was reden Sie denn da?«

Das Summen des Kessels übertrug sich auf seine

Hand, bald würde das Wasser aufwallen. Ihn brachte jedoch etwas ganz anderes in Wallung.

»Ich konnte es nicht richtig sehen, aber mir schwant, dass mit den Fingern dieser Person etwas nicht stimmt.«

»Aber das braucht Sie doch nicht zu stören.«

»Doch die Kunden stört es. Es ist schlecht fürs Geschäft.«

»Dennoch ...«

»Erkläre es mir, falls es da etwas zu verstehen gibt.«

»Nein, gibt es nicht. Aber die roten Bohnen von Frau Yoshii haben das Geschäft von Grund auf verändert. Sie kocht seit fünfzig Jahren An.«

Ohne abzuwarten, bis das Wasser kochte, goss Sentaro es in eine kleine Teekanne.

»Auch von den Mädchen bekommen wir viel Lob.«

»Das will wirklich etwas heißen.«

»Ja, nicht? Das ist nicht so einfach.«

»Wie alt ist sie denn?«

Sentaro schenkte der Witwe Tee ein. »Mitte siebzig, glaube ich, aber sie ist sehr rüstig für ihr Alter.« Er lachte.

»Dann ist sie ja in meinem Alter«, sagte die Witwe und griff nach dem Teebecher, zuckte aber dann mit einem kleinen Schreckensschrei zurück.

»Was ist?«

»Hat sie etwa auch daraus getrunken?«

Sentaro nickte, ohne zu antworten.

»Ich will dir ja nicht vorwerfen, rücksichtslos zu sein, Sentaro ... Aber das geht zu weit. Was, wenn bekannt wird, dass in meinem Imbiss eine Leprakranke arbeitet?«

»Aber das mit ihren Händen ist in ihrer Jugend passiert. Inzwischen ist sie vollständig geheilt.«

»Das sagt sie vielleicht, aber woher willst du das wissen, Sentaro? Von Lepra können einem die Finger abfallen.«

»Frau Yoshii hat aber Finger.«

»Wo wohnt die Frau überhaupt?«

Um seine Aufregung in den Griff zu bekommen, legte Sentaro sich die Hand auf die Brust, als er sich umdrehte. Das Notizbuch mit Tokues Adresse lag im Küchenregal. Er nahm es und zeigte der Witwe die aufgeschlagene Seite.

Sie schloss die Augen.

»Was ist?«

Obwohl niemand in der Nähe war, senkte sie die Stimme.

»Das ist ein Heim für Leprakranke. Ein Sanatorium.«

Sentaro stützte sich mit beiden Händen auf die Arbeitsplatte und blickte stumm auf Tokues Schrift.

Ach das war's, dachte er. Genau.

Als er Tokues Adresse zum ersten Mal gesehen hatte, war sie ihm auch bekannt vorgekommen. Woher, war ihm nicht eingefallen. Aber jetzt, wo die Witwe es sagte, wusste er, dass er schon mehrmals gerüchtweise von dem Sanatorium gehört hatte.

»Und ihre Schrift! Ein einziges Gekrakel.«

»Ja ... aber sie ist geheilt.«

»Ich weiß nicht, wie es heute ist, aber früher wurden Leprakranke ihr Leben lang aus der Gesellschaft ausgeschlossen. Als Kind habe ich einmal welche auf dem Tempelgelände gesehen. Manche hatten schrecklich entstellte Gesichter. Wie Gespenster. Anschließend hat das Gesundheitsamt sofort alles desinfiziert.«

»Also ehrlich, gnädige Frau ...«

Sentaro nahm den verschmähten Teebecher und stellte ihn ins Waschbecken.

»Ich wiederhole mich«, sagte er. »Dass es endlich aufwärts geht, habe ich Frau Yoshii zu verdanken. Weil sie frühmorgens kommt und die Bohnen zubereitet.«

Die Witwe streifte mit einem raschen Blick den Sawari auf dem Herd und die Schüssel mit den noch warmen Bohnen.

»Das verstehe sogar ich. Aber wenn die Person, von der ich das habe, die Geschichte weitererzählt, können wir den Laden zumachen. Außerdem könnten wir hier zu einem Infektionsherd werden ...«

»Von wem kommt denn die Geschichte?«

»Das kann ich nicht sagen.«

An dieser Stelle machte die Witwe eine Pause und sah ihn durchdringend an.

»Sentaro, sag mir eins. Ist diese Person die ganze Zeit hier? Es wäre doch sogar möglich, dass du dich ansteckst.«

Sentaro blinzelte nur und wandte sich den dampfenden Bohnen zu.

»Wir könnten dieser Frau Yoshii, oder wie sie heißt, doch ein bisschen Geld geben, damit sie kündigt«, fuhr die Witwe energisch fort. »Was ist dir lieber, sie dazu zu bringen aufzuhören oder das Geschäft zu ruinieren?«

»Aber was ist dann mit dem An?«

»Kannst du das nicht machen, Sentaro? Du hast ihr doch zugesehen und müsstest allmählich wissen, wie es geht.«

Was jetzt? Sentaro traute es sich keineswegs zu, die roten Bohnen so zu verarbeiten, dass sie schmeckten wie bei Tokue. Es versetzte ihn noch immer in Erstaunen, wie Tokue mit ihnen umging. Irgendetwas daran war von Grund auf anders.

»Wie sieht es aus, Sentaro? Kannst du die Füllung selbst machen?«

»Das ist nicht das Problem.«

»Und was ist das Problem?«

»Ich habe den Laden mit Frau Yoshiis Hilfe in Schwung gebracht. Jetzt stehen die Leute manchmal Schlange. Sogar bei den Schulmädchen hat es sich rumgesprochen. Und Sie sagen mir, ich soll diese Frau Yoshii feuern?«

»Ich sage das auch nicht einfach so. Mir bleibt nichts anderes übrig. Wegen des Geredes über die Krankheit. Noch dazu ist es eine so furchtbare Krankheit. Ganz zu schweigen davon, dass einige Kunden schon etwas bemerkt haben.«

Die Witwe ritt ständig weiter auf diesem Punkt herum. Sentaro schaffte es nicht, Tokues Kündigung rundheraus zu verschweigen, aber immerhin vergaß er nicht, die Witwe noch um eine gewisse Frist zu bitten.

Sie verzog vorwurfsvoll das Gesicht. »Du hattest mir versprochen, mich hinzuzuziehen, wenn du wieder eine

Aushilfe einstellst«, sagte sie in beleidigtem Ton. Sie deutete in eine Ecke der Küche und machte eine Bewegung mit dem Kinn, die dem Spray für die Desinfizierung der Arbeitsplatte galt. »Gib das mal her.«

Als Sentaro es ihr reichte, sprühte sie sich ihre Hände damit ein, worauf ein feiner Nebel aus Alkohol durch die Küche zog und sich auch auf Tokues Bohnen niederließ.

»Ich verstehe dich ja, Sentaro. Denkst du, es macht mir Spaß, dir das zu sagen? Aber was sein muss, muss sein, wie es so schön heißt. Immerhin habe ich dir mein Geschäft anvertraut. Und du bist hier der Chef. Ich muss dich bitten, hart zu bleiben und dich nicht von deinen Gefühlen hinreißen zu lassen. Schließlich hast du noch Schulden bei uns.«

Sentaro blickte betreten zu Boden. Und schaute nicht mehr auf, bis die Witwe gegangen war.

In dieser Nacht fand Sentaro keinen Schlaf.

Ausnahmsweise ging er, ohne etwas zu trinken, ins Bett und starrte die dunkle Decke an. Dabei gelangte er zu dem Schluss, dass er absolut nichts über die Hansen-Krankheit wusste.

Da er ohnehin nicht schlafen konnte, warf er die Bettdecke zurück und knipste die Schreibtischlampe an. Auf dem Schreibtisch stand sein verstaubter Computer. Sentaro schaltete das längst veraltete Gerät ein, wählte sich ins Internet ein und suchte nach dem Begriff »Hansen-Krankheit«.

Auf dem Monitor erschien eine unendliche Fülle von Hinweisen, sodass er gar nicht wusste, wo er anfangen sollte. Die grausamen Fotos der Kranken wollte er sich nicht ansehen. Aber dennoch war es ihm ein Bedürfnis, mehr herauszufinden, also las er zuerst der Reihe nach die Überschriften. Die Seiten deckten vielfältige Themen ab. Es gab medizinische Erläuterungen, Abschnitte über die Geschichte der Krankheit, über den Kampf der Geheilten, die die Abschaffung des Gesetzes zum Schutz vor Lepra erstritten hatten, über Freud und Leid, die damit verbunden waren, dann jede Menge Zeitungsartikel, Informationsseiten der Gesundheits- und Sozialämter und so fort.

Sentaro wählte einige Seiten aus, die er nacheinander überflog. Es fiel ihm nicht leicht, weil die Artikel mit medizinischen Fachausdrücken gespickt waren, aber alles in allem vermittelten sie ihm, was er wissen wollte.

Erstens erfuhr er, dass alle Menschen in den entsprechenden Einrichtungen geheilt waren. In Japan gab es also keine Leprakranken mehr. Und selbst wenn die Krankheit einmal ausbrechen sollte, was höchst unwahrscheinlich war, war sie mit den heutigen Behandlungsmethoden vollständig heilbar und nicht mehr infektiös. Überhaupt war die Ansteckungsgefahr sehr gering, weshalb es auch in der jüngeren Vergangenheit unter dem medizinischen Personal in Japan keine Infizierten gegeben hatte. In den Zeiten allerdings, als die hygienischen Zustände schlecht gewesen und die modernen Behandlungsmethoden noch längst nicht eingeführt worden waren, waren die Erkrankten per Gesetz isoliert worden. Der Verlust von Extremitäten als Folge der Krankheit hatte zu weiterer Ausgrenzung und Diskriminierung geführt. Doch diese Symptome betrafen vor allem Patienten, die lange vernachlässigt worden waren. Bei einer rechtzeitigen Behandlung blieben kaum körperliche Veränderungen zurück.

Nachdem Sentaro all dies gelesen hatte, schaltete er den Computer aus. Er hatte einige Fotos gesehen, die er eigentlich nicht hatte sehen wollen, aber was Tokue betraf, konnte er beruhigt sein.

Sie würde niemanden anstecken.

Obgleich sie noch in dem Sanatorium lebte, war sie nicht mehr krank. Sie war keine Überträgerin.

Er konnte der Witwe nun unumwunden erklären, dass Tokue nicht das geringste Problem darstellte, auch wenn sie die Krankheit früher einmal gehabt hatte. Umso mehr als sie sie in ihrer Jugend gehabt hatte. Seit ihrer Heilung war eine Ewigkeit verstrichen.

Sie brauchten sie nicht fortzuschicken. Davon war Sentaro überzeugt.

Aber was sollte er tun?

Vielleicht einige der Artikel aus dem Netz ausdrucken und sie der Witwe zeigen? Lepra war eine in Japan vollständig ausgestorbene Krankheit. Eine Person, die schon seit Jahrzehnten geheilt war, konnte unmöglich andere infizieren. Ob er das der Witwe klarmachen sollte?

Doch Sentaro fehlte das Selbstvertrauen, ihr entgegenzutreten. Auch wenn er ihr sagte, dass Lepra vom medizinischen Standpunkt aus längst keine Krankheit mehr sei, vor der man sich fürchten müsse, würden Tokues Finger nicht mehr gesund werden. Die Kunden konnten sie sehen. Am Entschluss der Witwe, Tokue aus dem Imbiss zu verbannen, würde sich nichts ändern.

Was sollte er tun?

Als Nächstes hatte Sentaro die Idee, Tokue zu bitten, das *Doraharu* vorübergehend zu verlassen. Und nur noch zu kommen, um ihn in der Zubereitung der roten Bohnen zu unterrichten. Das eine reguläre Beschäftigung zu nennen, war vielleicht übertrieben, aber vielleicht würde es so klappen? Er konnte Tokue vor der Witwe verbergen und währenddessen versuchen, seine Kochkünste zu vervollkommnen.

Doch je länger Sentaro darüber nachdachte, desto mehr schwand seine Begeisterung. Auch wenn diese Möglichkeit ihm formell einen Ausweg bot, konnte er sie Tokue nicht als Kündigungsgrund nennen. Außerdem hatte er ja ursprünglich selbst aufhören wollen. Musste er ausharren, bis er das Problem gelöst hatte?

Sentaro starrte weiter an die Decke, ohne Ordnung in seine Gedanken bringen zu können.

13

Am Ende gelangte Sentaro zu keiner Entscheidung, weder was Tokue noch was seine Zukunft im *Doraharu* betraf.

Ratlos stand er weiter an seiner Backplatte. Tokue gegenüber hatte er nichts erwähnt, er hatte sich noch nicht einmal etwas anmerken lassen. Auch was die Witwe von ihm verlangt und was er im Netz über die Hansen-Krankheit herausgefunden hatte, behielt er für sich.

Doch die ungelöste Situation lag Sentaro schwer im Magen. Es war nur eine Frage der Zeit, bis die Witwe ihn wieder bedrängen würde. Und wie sollte er sie dann überzeugen?

Wie lästig, ja belastend. Vielleicht sollte er mit Tokue zusammen aufhören. Einfach alles hinschmeißen. Aber dann fiel ihm das kantige Gesicht seines Vorgängers ein.

»Wenn du Geldprobleme hast, kannst du bei mir arbeiten«, hatte der Boss ihm angeboten, als Sentaro nach seiner Entlassung in einem Pub ausgeholfen hatte.

Im Gefängnis gesessen hatte Sentaro wegen eines Verstoßes gegen das Betäubungsmittelgesetz. Es hatte sich nur um Cannabis gehandelt, und es war sein erstes Vergehen gewesen, aber er hatte zu einem Ring von Dealern gehört. So war die Mitgliedschaft in einer kriminellen Vereinigung hinzugekommen, auch wenn die Tat an sich nicht besonders schwerwiegend gewesen war. Zudem hatte er sich bis zum Schluss strikt geweigert, auch nur einen Namen preiszugeben. Deshalb war seine Strafe nicht zur Bewährung ausgesetzt worden, und er war für zwei Jahre ins Gefängnis gewandert.

Einer von denen, die er gedeckt hatte, war der Boss gewesen.

Er war ein halbseidener Charakter gewesen, der sich im Dunstkreis von Gangsterbanden bewegt hatte und sich damit auch noch gebrüstet hatte. Doch in Sentaros Augen hatte er sich trotz allem eine gewisse menschliche Wärme bewahrt.

An dem Abend, als er Sentaro angeboten hatte, im *Doraharu* zu arbeiten, hatte der Boss vor Rührung auf offener Straße geweint. »Du hast mich beschützt«, hatte er geschluchzt. Und dann hatten sie gemeinsam bis zum Morgen getrunken.

Von seiner jahrelangen Sauferei hatte der Boss Leberzirrhose bekommen, und sein Gesicht hatte ausgesehen wie seine eigenen Pfannkuchen.

Als er sich am Ende gebückt hatte, um die Schuhe auszusuchen, in denen er ins Krankenhaus fahren wollte, hatte er Blut gespuckt und war nicht mehr zu retten gewesen. Er war an einem Aneurysma gestorben. Sentaro hatte damals das dritte Jahr im *Doraharu* gearbeitet.

Nach der Trauerfeier hatte die Witwe ihn zu sich bestellt. Sie wollte, dass er den Imbiss weiterführte. Unter Tränen hatte sie ihn regelrecht angefleht und versprochen, ihm in allem freie Hand zu lassen.

Für Sentaro stand fest, dass das Ehepaar ihn nach seiner Entlassung aus dem Knast vor dem völligen Absturz gerettet hatte. Daher kam es nicht infrage, den Imbiss im Stich zu lassen, ehe er das ganze Geld zurückgegeben hatte.

Hinter seiner Backplatte stehend, stieß er einen tiefen Seufzer aus.

Er hatte nie gewusst, wo er hingehörte. War er hier, wollte er dorthin. War er dort, wollte er hierhin. Stets war er am falschen Ort. Alles, was er tat, war von Anfang an zum Scheitern verurteilt. Er war eben ein Versager.

Was sollte er nur machen?

Ratlos backte Sentaro seine Pfannkuchen, füllte sie mit An und zwang sich, den Kunden ein freundliches Gesicht zu zeigen. Und wie sein verstorbener Boss goss er sich Abend für Abend einen hinter die Binde.

Die Tage vergingen, ohne dass er eine Antwort fand.

Der Herbst schritt voran, und ein nicht enden wollender Regen setzte die Straßen unter Wasser. Die Passanten trugen Schirme und warme Jacken. Die Kirschbäume begannen ihre welken Blätter abzuwerfen.

Die Veränderung kam plötzlich, nahm jedoch im Nu gewaltige Ausmaße an.

»Vielleicht liegt es am Regen«, flüsterte Sentaro Tokue zu, nachdem sie gemeinsam einen besorgten Blick in die Bücher geworfen hatten. Sie mussten die Menge der Bohnen, die sie brauchten, neu kalkulieren. Der ganze Gefrierschrank war noch voller Bohnenpaste. Sie brauchten keine neue zu kochen.

Seit etwa einer Woche lief der Verkauf nicht mehr. Besonders die letzten drei Tage waren katastrophal gewesen.

Tokue schaute durch die Glastür zum bedeckten Himmel hinauf und dann auf die Straße.

»Das Wetter müsste etwas besser werden, nicht?«

»Ja, bei diesem Wetter hat keiner zu irgendetwas Lust«, tat Sentaro die Flaute ab, um sein Unbehagen zu verdrängen.

Das Nachlassen der Nachfrage war nicht zu leugnen. Sie verkauften jeden Tag weniger, als würde der Umsatz sich dem abnehmenden Tageslicht anpassen.

»Wenn der Regen aufhört, haben wir wieder mehr zu tun.«

»Ja, der Himmel muss blau sein, nicht wahr?«

Aber insgeheim wusste Sentaro genau Bescheid. Es konnte nicht am Wetter liegen, denn in der Regenzeit hatten sie sich ja vor Kundschaft kaum retten können und ungeachtet der Hitze und der Feuchtigkeit mehr verkauft denn je. Auch bei strömendem Regen hatten die Kunden unter ihren Schirmen Schlange gestanden. Was war nur los? War nicht eigentlich die kühlere Jahreszeit die beste Saison für Dorayaki?

Manchmal dachte Sentaro auch, dass es an der schlechten Konjunktur liegen könnte. Viele Läden in der Straße waren längst geschlossen. Erst neulich hatte ein alteingesessener Fischhändler sein Geschäft aufgeben müssen. Vielleicht herrschte eine allgemeine Flaute. Die ständige Bleifarbe des Himmels wirkte zusätzlich deprimierend, sodass niemandem danach war, etwas zu kaufen.

»Wenn ich so darüber nachdenke, habe ich in letzter Zeit auch nichts gekauft ...«

Tokue, die abwesend nach draußen schaute, wandte sich um, als wolle sie etwas sagen.

»Haben Sie denn in letzter Zeit etwas gekauft, Frau Yoshii?«

Tokue schien den Sinn der Frage nicht richtig zu erfassen. »Ob ich was gekauft habe?«, fragte sie zurück.

»Genau. Wir jammern, dass wir nichts verkaufen ... Dabei kaufen wir selbst nichts.«

Tokue nickte zustimmend. »Aber ich gehe doch einkaufen«, murmelte sie und gab es auf, nach Kunden Ausschau zu halten.

An diesem Abend kam die Witwe. Tokue war schon gegangen.

Die Witwe setzte sich an die Theke und schaute wortlos die Abrechnungen durch. Dann richtete sie sich mit einem lauten Seufzer auf.

»Sentaro«, sagte sie.

Er nahm Haltung an.

»Ich hatte dich gebeten, diese Person baldmöglichst zu entlassen.«

Sentaro stand stocksteif in der Küche und nickte.

»Ich bin jetzt x-mal hier vorbeigekommen. Und obwohl es mein Laden ist, bin ich nie eingetreten, um dich nicht bloßzustellen. Aber diese Person ist ständig hier. Frau Yoshii arbeitet noch immer bei dir, gib es zu.«

»Aber ich sagte es Ihnen doch ... Frau Yoshii ist gesund. Längst geheilt.«

»Und warum lebt sie im Sanatorium, wenn sie geheilt ist? Warum wird sie nicht entlassen?«

»Nein, das hat damit ... «

»Hast du ein Attest von ihr?«

Sentaro schwieg betreten.

»Was? Verdammt, du hast sie noch nicht mal danach gefragt? Du hast dich nicht vergewissert, ob sie tatsächlich Lepra hat?«

»Nein, äh ...«

»Was ist nur mit dir los? Bist du verrückt?«

Die Luft vibrierte, so schneidend war ihre Stimme.

»Warten Sie doch, gnädige Frau, bitte.«

»Worauf? Ich habe lange genug gewartet.«

»Also, Frau Yoshii hatte vielleicht früher einmal diese Krankheit, die Hansen-Krankheit. Aber jetzt ist sie geheilt. Sie ist wie alle anderen Menschen auch.«

»Das ist sie nicht. Ihre Finger sind verkrüppelt.«

»Diese Krankheit ist in Japan ausgestorben. Es gibt keine Patienten in Sanatorien.«

»Was redest du da? Warum soll ich dir das glauben? Du bist doch kein Arzt.«

»Finden Sie, dass ein Mensch, der vollkommen gesund ist, wegen einer überstandenen Krankheit gefeuert werden soll?«

»Ich bin Restaurantbesitzerin! Und habe einen Ruf zu wahren. Muss ich jemanden beschäftigen, der den Kunden Angst macht?«

Die Witwe fuhr sich mit der Hand übers puterrote Gesicht.

»Eigentlich wollte ich es nicht sagen, aber du verdankst deine Existenz meinem Geschäft. Wer hat denn deine Schulden übernommen, als du in der Klemme saßt? Bildest du dir vielleicht ein, der Laden gehört dir? Wenn du diese Person nicht rausschmeißt, Sentaro, bleibt mir nichts anderes übrig, als dich aufzufordern, ebenfalls zu gehen. Kapiert?«

»Ja, aber ...«

»Mein Mann und ich haben dieses Geschäft gegründet. Die Inhaberin bin immer noch ich.«

»Gnädige Frau!«

»Ich weiß. Es fällt dir schwer. Aber was ist mit dem Verkauf? Warum ist er so zurückgegangen? Womöglich weil es sich rumgesprochen hat, dass hier eine Leprakranke arbeitet? In dem Fall ist das *Doraharu* erledigt.«

»Nein. Davon hätte ich gehört. Vielleicht liegt es an dem ewigen Regen. Der ist schlecht fürs Geschäft. Wenn es ständig so weiterregnet ...«

»Jedenfalls will ich, dass du sie entlässt.«

Die Witwe sog scharf die Luft ein und biss sich auf die Lippen. Dann schwieg sie lange, als warte sie auf Sentaros Antwort. Als dieser nichts sagte, hielt sie es nicht mehr aus. »Das ist mein letztes Wort«, sagte sie und rauschte davon.

14

Es war seit Langem einmal wieder ein ruhiger, sternen-
klarer Herbstabend.

Unter dem Kirschbaum zirpte eine Grille, und die
Schritte der Passanten waren deutlich zu hören.

Die Backplatte war bereits ausgeschaltet, aber noch
immer lief Sentaro der Schweiß von der Stirn.

»Sie haben Ihre Meinung nicht geändert?«

Tokue, die auf ihrem Stuhl saß, schüttelte den Kopf.

»Ich habe mich entschieden. Ich stoße allmählich an
meine Grenzen.«

»Könnten Sie nicht wenigstens ein- oder zweimal im
Monat kommen?«

»Nein, lieber nicht.«

»Aber ich habe noch nicht alles über die roten Bohnen
von Ihnen gelernt.«

»Haben Sie schon zu? Ach, schade«, rief jemand. Zwei
Beine unter einem kurzen Rock standen vor dem halb
heruntergelassenen Laden, vielleicht eine Schülerin auf
dem Heimweg von einem abendlichen Kurs.

»Tut mir leid, für heute ist Schluss«, rief Sentaro.

Jugendlich federnde Schritte entfernten sich.

»Eins von den Mädchen, die Tennis spielen, oder?«

Tokues Augen leuchteten kurz auf. Doch gleich senkte sie ihren Blick wieder. Sie faltete die Hände im Schoß über ihrer Schürze.

»Sehen Sie, die Mädchen machen es richtig. Es ist besser, nur ab und zu zu Besuch zu kommen.«

»Aber warum denn, Frau Yoshii?«

»Dass wir in letzter Zeit so wenig verkaufen, liegt sicherlich an dem, was mir früher passiert ist.«

»Ach was.«

»Doch, doch.«

»Ach, ich weiß nicht.«

»Obwohl ich schon seit vierzig Jahren geheilt bin.«

Dann sprechen Sie auch nicht vom Aufhören, hätte Sentaro gern gesagt, und er fand auch, dass er es hätte sagen sollen. Dennoch brachte er es nicht über die Lippen. Das Gesicht der Witwe tauchte plötzlich vor ihm auf.

Tokue musterte den schweigenden Sentaro besorgt.

»Es macht nichts, Chef. Wirklich nicht.«

»Doch, das tut es. Ich trage auch Verantwortung.«

Tokue nahm ihre Hände von der Schürze und strich mit ihren Fingern über den Saum.

»Was für eine Verantwortung?«

»Frau Yoshii?«

»Ja?«

»Entschuldigen Sie, dass ich so direkt frage, aber Ihre Krankheit – war das die Hansen-Krankheit?«

»Ja, stimmt. Ich hätte es Ihnen längst sagen müssen.«

»Ach ...«, stieß Sentaro hervor, konnte aber nicht weitersprechen.

»Ja, diese Diagnose hängt einem das ganze Leben an. So hieß es schon damals.«

Sentaro blickte auf Tokues Finger, die sich in die Schürze verkrallt hatten.

»Manche Leute sagten, Lepra bekomme man, weil man in einem früheren Leben etwas Schlechtes getan habe. Und wenn ein Kranker entdeckt wurde, kam er in ein polizeilich bewachtes Sanatorium, und alles wurde wie wahnsinnig desinfiziert. Auch für die Familie des Kranken war es furchtbar. Lepra galt als eine entsetzliche Schande.«

»Aber Frau Yoshii, Sie sind doch geheilt.«

Tokue nickte nachdrücklich.

»Durch ein besonderes Medikament, das aus Amerika kam. Dennoch blieben bei den meisten von uns Schäden zurück, wie bei mir an den Händen.«

»Ich habe ein bisschen nachgeforscht. Die Kranken wurden damals zwangsisoliert, nicht wahr?«

»Ach, Sie haben nachgeforscht?«

Tokue zog eine Augenbraue hoch.

»Ja, im Internet ...«

»Ja, die Kranken wurden nach dem Gesetz zum Schutz vor Lepra unter Zwangsquarantäne gestellt. Das bedeutete, die Patienten durften ein eingegrenztes Gebiet lebenslang nicht verlassen. Seit das Gesetz abgeschafft wurde, gibt es das nicht mehr.«

»Ich will Sie nicht bedrängen, aber Sie hatten die Krankheit doch schon gar nicht mehr ...«

»Ja, meine Diagnose liegt vierzig Jahre zurück. Dennoch durfte ich die Kolonie nicht verlassen. Als ich erfuhr, dass ich Lepra hatte, war ich erst ...«

Hier konnte Tokue nicht weitersprechen und drückte sich die Schürze an die Augen.

»Es tut mir so leid, Frau Yoshii.«

»Ich war so alt wie die Mädchen, die hier ihre Dorayaki kaufen.«

Sentaro konnte nicht einmal mehr Tokues Knie ansehen und schaute auf den Küchenboden.

»Frau Yoshii ...«

»Seither war ich immer eingesperrt.«

»Die ganze Zeit im Sanatorium?«

»Ja, im HIMMELSGARTEN.«

So lautete der Name des Sanatoriums. Sentaro hatte ihn häufig gehört, war aber bisher nie in jenem Teil der Stadt gewesen, obwohl er sich recht gut auskannte.

»Das ist ziemlich weit weg von hier. Wie haben Sie es so früh morgens hierhergeschafft, wenn noch keine Busse gehen?«

»Ach, Chef, kein Problem ...«

»Sagen Sie bloß, Sie sind mit dem Taxi gekommen?«

»Keine Sorge.«

Tokue lächelte ein bisschen.

»Und das bei Ihrem Stundenlohn ... Also wirklich!«

»Macht nichts. Ich tue das doch zu meinem Vergnügen.«

»Aber ...«

»Nein, das macht wirklich nichts. Irgendwann hatte ich mich damit abgefunden, mein ganzes Leben lang nicht mehr rauszukommen. Und jetzt kann ich hier arbeiten, einfach so. Und Menschen kennenlernen. Das habe ich Ihnen zu verdanken, Chef.«

Sentaro schüttelte energisch den Kopf.

»Ich habe Ihnen für Ihre Hilfe zu danken.«

»Was reden Sie da, Chef? Erstens bin ich eine alte Frau. Zweitens habe ich diese Hände. Mein Gesicht hat auch etwas abbekommen. Dennoch haben Sie mich eingestellt. Und ich durfte mit den Kunden reden und diesen netten Mädchen begegnen. So etwas habe ich mir schon immer gewünscht. Deshalb bin ich sehr zufrieden. Ich habe von Anfang an öfter daran gedacht, dass es besser wäre, aufzuhören. Und in letzter Zeit bin ich, wie zu erwarten war, ziemlich müde. Es ist genau der richtige Zeitpunkt.«

Immer wieder wischte Tokue sich mit der Schürze die Augen. »Danke«, sagte sie und neigte ihren weißen Kopf.

»Nein, Sie waren mir wirklich eine große Hilfe.«

»Also dann gehe ich jetzt mal.«

Auf dem Stuhl sitzend, schaute Tokue sich im Imbiss um und warf einen Blick auf den Teller mit den misslungenen Pfannkuchen. Dann band sie die Schürze ab, legte sie auf die Arbeitsplatte, packte ihr Kopftuch in die Tasche und stand auf.

»Grüßen Sie bitte Wakana und die anderen Mädchen von mir.«

»Ich richte es ihnen aus.«

Er öffnete die Hintertür und Tokue schritt hinaus.

Sentaro ging dicht neben ihr. Als sie auf die Straße traten, tauchten aus dem trüben Licht der Laternen die Kirschbäume auf, von denen noch immer Blätter fielen.

»Als ich das erste Mal herkam, blühten sie, jetzt sind sie bald kahl.«

»Der Wind ist kalt geworden.«

»Ob ich nächstes Jahr noch einmal die Kirschblüten sehe?«

»Aber natürlich. Sie müssen mir doch beibringen, anständige rote Bohnen zu machen.«

Tokue lächelte, ohne zu antworten. »Danke«, sagte sie wieder.

»Ich danke Ihnen von ganzem Herzen.«

»Bis hierher genügt es.« Tokue hielt Sentaro, der sie noch weiter begleiten wollte, mit der Hand zurück.

Stumm sah er der alten Frau nach, die die abendliche Straße entlangging. Zum ersten Mal fiel ihm auf, wie winzig sie war. Sie hatte von sich aus gekündigt, und Sentaro hatte es akzeptiert. Mehr nicht. Dennoch hatte er das Gefühl, als würde er seine eigene Mutter auf die Straße jagen.

Er war sehr blass, als er in die Küche zurückkehrte.

Auf der Theke stand das Desinfektionsspray. Schnurstracks ging er darauf zu, packte es und schleuderte es mit Wucht gegen den Rollladen.

15

Langsam schritt der Herbst voran.

Obwohl er morgens und abends fegte, lagen immer ein paar Blätter vor dem Imbiss. Die Äste über den Köpfen der Passanten waren nun schon fast kahl. Und Sentaro ließ alles abwesend und mit katerschwerem Kopf an sich vorüberziehen.

Er trank inzwischen immer mehr und stolperte jeden Abend in die erstbeste Kneipe. Nicht, dass er randalierte, er saß nur da und klammerte sich an sein Glas, bis er kaum noch aufstehen konnte. Morgens bekam er dann die Quittung und musste sich, Verwünschungen gegen sich selbst ausstoßend, mühsam aus dem Bett quälen.

Er schaffte es auch nicht mehr, die roten Bohnen rechtzeitig zuzubereiten. Aus sechs Uhr wurde sieben Uhr, dann acht Uhr, dann neun Uhr. An manchen Tagen trudelte er erst gegen Mittag im Laden ein.

Es gab keine Anzeichen dafür, dass er jemals wieder genügend Kunden haben würde. Selbst der Kirschbaum, ja, die gesamte Straße schien sich von Sentaro zurückzuziehen.

»In letzter Zeit schmecken Ihre Dorayaki ziemlich angebrannt«, beschwerten sich einige unverdrossene Stammkunden ganz offen.

Statt der misslungenen Dorayaki sollte er sich wohl lieber selbst wie Sperrmüll aus dem Weg räumen. Wenn er sich nur ein bisschen zusammenreißen würde, dachte Sentaro mitunter, könnte er es doch sicher schaffen. Aber er war wie gelähmt. So sehr er es sich wünschte, er brachte die Entschlossenheit nicht auf. Reglos sank er tiefer und tiefer, während er die Welt vor seinen Augen vorüberziehen ließ.

Eines Abends, als ein heftiger Wind die Kirschbäume schüttelte, ließ sich Wakana endlich einmal wieder blicken. Sentaro wollte gerade Feierabend machen und hatte die Backplatte bereits abgeschaltet.

Wakana hielt einen großen Gegenstand an sich gedrückt, der ihren Oberkörper in dem kurzen Mantel fast verdeckte. Nachdem sie Sentaro begrüßt hatte, setzte sie das in ein hellgrünes Tuch eingeschlagene Ding auf einem der Sitze an der Theke ab.

»Was ist das?«

»Also ...«

»Ich habe schon geschlossen.«

Wakana nickte, machte aber keine Anstalten, sich wieder zu verabschieden. Also nahm Sentaro ein Dorayaki aus dem Warmhaltekasten und gab es ihr.

»Steh nicht rum und setz dich.«

»Danke«, sagte Wakana leise.

»Frau Yoshii ist nicht da, das weißt du ja?«

»Ja.« Wakana warf einen Blick auf das Dorayaki und sah dann Sentaro an.

»Was ist los?«

»Ich … hab kein Geld dabei.«

Sentaro lachte. »Macht nichts. Ich habe schon geschlossen. Da gibt's alles umsonst.«

»Danke.«

Mit gesenktem Kopf, ihr Dorayaki in beiden Händen, trat Wakana von einem Fuß auf den anderen. Sentaro legte noch eins auf einen Teller.

»Was hast du da unter der Decke?«

Wakana, die gerade in das Dorayaki beißen wollte, zuckte zusammen.

»Sag schon.«

»Also, das Problem ist … Ich darf ihn nicht behalten.«

»Wegen deiner Mutter?«

Wakana nickte und schlang den Arm um das Ding neben sich.

»Ich habe ihn mal mitgebracht.«

Sie zog das Tuch herunter. Ein Käfig kam zum Vorschein, in dem ein gelber Vogel herumhüpfte.

»Ich weiß nicht, wohin mit ihm.«

»Ist das ein Kanarienvogel?«

»Er heißt Marvy. Und … ich habe eine Bitte an Sie.«

Sentaro ahnte, dass hier ein neues Problem buchstäblich auf ihn zugeflattert kam, und räusperte sich unwillkürlich.

»Tut mir leid, dass ich so lange nicht da war und jetzt

gleich etwas will. Aber ich habe es so mit Frau Yoshii ausgemacht.«

»Was denn?«, fragte Sentaro und warf einen Blick in den Käfig.

»Vor ungefähr einem halben Jahr habe ich Marvy blutverschmiert auf der Straße gefunden. Wahrscheinlich hatte eine Katze ihn erwischt. Eigentlich dachte ich, er stirbt sowieso, aber ich habe ihn trotzdem mitgenommen und seine Verletzung jeden Tag mit Salbe behandelt. Und er ist wieder gesund geworden.«

»Glück gehabt, was?«

»Aber ...« Wakana zeigte auf den Käfig. »Marvy ist ein Männchen. Deshalb singt er manchmal, seit er wieder gesund ist. Das ist der Mist.«

»Wieso ist das Mist?«

»Weil in unserem Haus Tiere verboten sind. Meine Mutter sagt, ich soll ihn freilassen, bevor die Nachbarn sich beim Hauswirt beschweren. Aber von der Verletzung hat Marvy einen steifen Flügel und kann nicht mehr richtig fliegen. Ich habe es in der Wohnung ausprobiert, aber er flattert nur ein bisschen herum und hebt gar nicht erst richtig ab. Trotzdem sagt meine Mutter seit dem Sommer jeden Tag, ich soll ihn freilassen. Freilassen, freilassen, freilassen. Und jetzt fallen doch die Temperaturen, oder? Die kalte Jahreszeit kommt. Wie soll da ein Kanarienvogel im Freien überleben? Und weil er noch immer nicht richtig fliegen kann, wird er bestimmt von einer Katze oder einer Krähe zerrissen. Wie kann ich ihn freilassen, wo ich das weiß?«

Sentaro drehte den Hahn auf, ließ sich einen Becher Wasser einlaufen und nippte mit einem Gesicht, als würde er etwas Bitteres trinken.

»Und was willst du jetzt von mir?«

»Ich hatte geahnt, dass es so kommen würde, und Frau Yoshii um Rat gefragt.«

»Hier im Imbiss?«

»Ja. Als Sie damals wegen Ihrer Herzbeschwerden nicht da waren.«

»Was für Herzbeschwerden?«

»Hat Frau Yoshii gesagt.«

Das musste zu Anfang der Regenzeit gewesen sein, als er nicht zur Arbeit kommen konnte. Sentaro legte sich die Hand auf die Stirn.

»Und was genau hat Frau Yoshii zu dir gesagt?«

»Dass Sie sich um ihn kümmern würden, wenn ich ihn nicht behalten kann.«

»Ich?«

»Ja.«

Der Kanarienvogel flatterte im Käfig herum. Er flog im Dreieck und zwitscherte irgendwie gedämpft. Für Sentaro hörte es sich nicht nach Kanarienvogel an. Aber vielleicht war es nicht die Jahreszeit, in der sie hübsch sangen.

»Diese Frau Yoshii wieder! Tut mir leid, aber bei mir sind Haustiere ebenfalls verboten.«

»Das hat Frau Yoshii auch vermutet. Aber sie meinte, in dem Fall könnten Sie Marvy doch hier im Geschäft halten.«

»Das hat sie gesagt?«

»Ja.«

»Die hat Nerven.«

Sentaro schnalzte ungehalten mit der Zunge.

»Ich kann hier doch kein Tier halten. Ich bin ja nicht mal der Inhaber. Überhaupt darf man keine Tiere halten, wo mit Nahrungsmitteln umgegangen wird.«

»Wirklich nicht?«

»Nein, das geht auf keinen Fall.«

Wakana machte ein enttäuschtes Gesicht. Verzagt und mit gesenktem Kopf starrte sie auf ihren Kanarienvogel.

»Weißt du, warum Frau Yoshii hier aufgehört hat, Wakana?«

Jetzt besprach er sich auch schon mit Mittelschülerinnen! Am liebsten hätte er den Satz zurückgenommen. Sentaro zögerte einen Moment, konnte sich aber nicht beherrschen.

»Du hast Frau Yoshii doch mal nach ihren Fingern gefragt.«

Wakanas Augen, die auf den Kanarienvogel gerichtet waren, huschten unruhig umher. Sie nickte.

»Und Frau Yoshii hat gesagt, sie habe in ihrer Jugend eine Krankheit gehabt.«

»Ja.«

»Sind dir Frau Yoshiis Finger damals zum ersten Mal aufgefallen? Oder wusstest du von Anfang an, was los war?«

Wakana schaute Sentaro wieder an.

»Ich hab's schon gewusst.«

»Und warum hast du sie dann gefragt?«

Der Kanarienvogel zwitscherte.

»Ich hielt es für besser.«

Ein schwaches Licht glomm in Wakanas eigentümlich ausdrucksvollen Augen auf.

»Frau Yoshii machte sich Sorgen, weil der Verkauf zurückging, und fürchtete, es sei ihre Schuld.«

»Sie hatte früher die Hansen-Krankheit, oder?«

Sentaro nickte. »Aber ich frage mich, wie sich das rumgesprochen hat.«

»Ich habe nur einem einzigen Menschen von Frau Yoshiis Fingern erzählt.«

»Wem?«

Wakana senkte den Blick auf den Teller mit dem Dorayaki. Dann hob sie langsam das Gesicht.

»Meiner Mutter.«

Ein Wind blies von vorn gegen die Scheibe. Die Blätter, die vor der Glastür tanzten, raschelten.

»Aha. Und?«

»Dann ist meine Mutter anscheinend tagsüber mal hergekommen ...«

»Und weiter?«

»Es gibt doch dieses Sanatorium für Hansen-Kranke, es ist ziemlich weit von hier mit dem Bus. Sie sagte, vielleicht komme die Frau von dort. Und ich solle mich von ihr fernhalten.«

Wieder flatterte der Kanarienvogel in seinem engen Käfig herum.

Und der Wind riss Blätter von den Kirschbäumen.

»So war das also«, sagte Sentaro nach einer Weile, bemüht, die Fassung nicht zu verlieren. Aber er konnte nicht schweigen.

»Hat deine Mutter jemandem von Frau Yoshiis Krankheit erzählt?«

»Das weiß ich nicht. Aber vielleicht hat sie abends bei ihrer Arbeit getrunken und es einem von diesen Typen gesagt.«

Wakana blickte in Richtung der Küche und rührte sich nicht.

»Deine Mutter war nicht die Einzige, die sich fürchtete«, sagte Sentaro leise. »Viele Kunden waren erschrocken, als sie Frau Yoshiis Hände sahen. Deshalb geht das Geschäft jetzt auch so schlecht. So was spricht sich eben herum.«

»Wie gemein«, empörte sich Wakana, obwohl sie die Leute gar nicht kannte.

Sentaro überlegte, was er sagen sollte, verbiss sich aber die Bemerkung, die ihm auf der Zunge lag.

»So ist eben die Welt. Deswegen kann ich auch deinen Piepmatz nicht hier aufnehmen. Alle haben neuerdings Angst vor der Vogelgrippe. Vor zehn Jahren hielten manche Lokale noch Vögel, aber jetzt scheut man sich davor.«

»Kann sein.«

Wakana steckte einen Finger durch das Käfiggitter. Marvy hopste darauf.

»Aber vielleicht würden manche extra kommen, weil Sie einen Kanarienvogel haben.«

Sentaro schüttelte den Kopf.

»Wunschdenken.«

Wakana ließ den Kopf hängen.

»Aber wenn ich es recht bedenke ...«

»Ja?«

»Ich gebe dem Rest der Welt die Schuld, dabei bin ich der Schlimmste von allen«, sagte Sentaro.

Wakana strich wortlos über die Gitterstäbe. Der Kanarienvogel pickte vorsichtig an ihren Fingern. Sie zog sie zurück und wandte sich endlich Sentaro zu.

»Ich habe Frau Yoshii nicht daran gehindert zu kündigen. Habe sie einfach gehen lassen.«

»Wie meinen Sie das?«

»Obwohl sie mir beigebracht hat, wie man rote Bohnen kocht.«

Es entstand eine kleine Pause.

»Ich weiß ja nicht, aber könnten Sie es nicht wieder gutmachen?«, fragte Wakana dann.

»Gutmachen?«

»Ja. Schließlich sind Sie bedrückt, weil Sie eigentlich etwas anderes wollten, oder?«

»Wie denn gutmachen?« Sentaro ließ den Kopf hängen.

»Versuchen Sie es doch.«

»Leicht gesagt ...«

»Sie haben doch bestimmt Frau Yoshiis Telefonnummer«, drängte Wakana.

»Sie hat kein Telefon«, erwiderte Sentaro. »Aber ihre Adresse habe ich.«

»Wissen Sie, Frau Yoshii hat zuletzt zu mir gesagt, wenn Sie Probleme haben, sollte ich mich um Sie kümmern.«

»Was? Wirklich?«

»Ja, wirklich. Frau Yoshii wollte, dass ich mit ihr den Mond anschaue, weil er so schön war. Es war Vollmond, und er stand über dem Kirschbaum vor dem Imbiss. Frau Yoshii, der Vollmond und ich haben uns ein Versprechen gegeben.«

»Du hast es also dem Mond versprochen, na gut ... Frau Yoshii wohnt ja wohl in einem Sanatorium.«

»Hat sie gesagt.«

»Wollen wir ihr einen Brief schreiben?«, schlug Sentaro vor.

Wakana schien plötzlich neuen Mut zu fassen. Sie sah ihn mit leuchtenden Augen an und nickte.

Sentaro entschied, den Kanarienvogel bei sich zu behalten, bis er Antwort von Tokue bekäme. In der Hoffnung, keiner seiner Nachbarn würde ihn beim Hauswirt verpetzen, nahm er ihn mit in seine Wohnung.

16

Die Stechpalmenhecke wollte kein Ende nehmen.

Von der äußerst verkehrsreichen Hauptstraße bogen sie, den Schildern STAATLICHES MUSEUM FÜR DIE GESCHICHTE DER HANSEN-KRANKHEIT und HIMMELSGARTEN folgend, in ein verschwiegenes Sträßchen ein, zu dessen östlicher Seite ein Wohngebiet lag. Die Hecke wirkte wie eine Trennlinie.

Sentaro marschierte vor Wakana her. Sie begegneten niemandem. Die endlos erscheinende, stachlige Hecke ließ Sentaro an die Zeit denken, in der er selbst eingesperrt gewesen war. Es war still, aber von überallher ertönte Vogelgezwitscher. Marvy tirilierte in seinem Käfig, als wolle er in den allgemeinen Gesang einstimmen.

»Diese Hecke hört wohl nie auf.«

»Stechpalme, oder? Die Blätter pieken.«

»Man nimmt sie als Schmuck zu Weihnachten.«

»Hier hat man sie gezogen, damit die Patienten nicht abhauen.«

»Früher, meinst du?«

»Die meisten sind ja noch immer hier.«

Wakana hatte im Internet recherchiert und sich einige Kenntnisse über die früheren Zwangsmaßnahmen angeeignet.

Sentaro ließ seine Fingerspitzen an den dichten Blättern entlanggleiten. Sie waren stachlig, und er spürte, dass dahinter ein weit schlimmerer Schmerz lebendig war als hinter den Zäunen, die ihn selbst umgeben hatten. Die Hecke war an einigen Stellen unterbrochen, dort hatten sich wohl früher Seiteneingänge befunden. Inzwischen hatte dichtes Gestrüpp diese überwuchert und versperrte die Sicht.

Immer weiter gingen die beiden, bis endlich das Tor zum STAATLICHEN MUSEUM FÜR DIE GESCHICHTE DER HANSEN-KRANKHEIT vor ihnen auftauchte.

Auf der Straße war es schon ruhig gewesen, aber vor dem Museum herrschte fast Grabesstille. Bäume filterten das Sonnenlicht, das auf den im Halbkreis angeordneten Gebäuden lag. Das stumme Spiel von Licht und Schatten schien die Stille des Ortes noch zu vertiefen.

Vor dem Institut stand eine Statue von einer Mutter mit ihrem Kind. Beide trugen Pilgerkleidung.

Ob nur die Mutter krank war oder beide?

Aus ihren Heimatdörfern hatte man früher erkrankte Eltern und Kinder vertrieben, die dann in der Fremde umherirrten. Die Statue hatte man wohl errichtet, um ihre Seelen zu trösten. Mit vor Anspannung steifem Rücken betrat Sentaro diesen traurigen Ort.

Auf dem Parkplatz des Museums gab es einen Plan vom Gelände des HIMMELSGARTEN. Sentaro und Wakana waren mit Tokue im Einkaufsladen verabredet, der sich offenbar in der Mitte des Areals befand. Außerdem gab es eine Versammlungshalle, Bäder und eine Reihe von Wohnquartieren, die Namen wie »Morgenrot« oder »Morgenstern« trugen.

»Wir sind zu früh dran, oder?«, fragte Wakana, und Sentaro sah auf die Uhr. Tatsächlich hatten sie noch Zeit bis zu ihrer Verabredung mit Tokue.

»Wir können ja noch ein bisschen rumlaufen, oder?«

»Ja, gut«, stimmte Wakana zu, dennoch merkte Sentaro, dass sie zögerte. Er konnte sie verstehen, denn ihm ging es genauso.

Plötzlich breitete sich eine Welt vor ihnen aus, von der sie bisher gedacht hatten, sie hätte nicht das Geringste mit ihnen zu tun.

Das »Gesetz zur Prävention von Lepra« war 1996 außer Kraft gesetzt worden, und die Geheilten wurden aus der Zwangsquarantäne entlassen. Ebenso durften sich nun auch gewöhnliche Bürger, für die das Gelände hinter der Stechpalmenhecke bis dahin tabu gewesen war, frei im Park bewegen.

Gut hundert Jahre lang waren die Menschen hier lebendig begraben gewesen, bis die Hecke sie wieder freigegeben hatte. Und die eigentümliche Stille schien Sentaro bis auf ihren tiefsten Grund mit dem Leid dieser Menschen getränkt.

Sentaro und Wakana gingen am Museum vorbei und in den Park. Der von imposanten Kirschbäumen gesäumte Weg lag voller Blätter, aber im Frühling musste es hier herrlich sein.

Kein Mensch war zu sehen und außer dem Gezwitscher der Vögel auch kein Laut zu hören.

»Ganz schön ruhig hier«, kommentierte Sentaro das Offenkundige.

»Unheimlich«, sagte Wakana.

Die beiden setzten sich auf eine Bank an einem Kirschbaum. Sentaro stellte den Käfig mit dem Kanarienvogel auf dem Boden ab und ließ seinen Blick über den verlassenen Park schweifen. Flache, gleichförmige Wohngebäude standen in mehreren ordentlichen Reihen hintereinander. Sie kamen ihm sehr fern vor, wie Kasernen oder Siedlungshäuser eines fremden Landes.

Während die beiden so in sich und in die Stille versunken auf der Bank saßen, tauchte in der Ferne ein Fahrrad auf. Es durchquerte jenseits der Baumreihen den Park und kam dann den Weg entlang auf sie zu. Vermutlich handelte es sich um einen Bewohner und ehemaligen Patienten.

Auf dem Rad saß ein ziemlich betagter Herr. Er trug einen Hut mit Krempe. Jäh fragte sich Sentaro, wie sein Gesicht wohl aussehen mochte. Fast fürchtete er sich vor der Antwort. Wakana hielt die Lider gesenkt, aber Sentaro schaute auf, und als der Mann vorüberfuhr, trafen sich ihre Blicke. Er sah völlig normal aus, hatte eine Nase und wirkte auch sonst in keiner Weise entstellt.

Der Mann musterte die beiden Besucher wie eine seltene Spezies.

Sentaro wandte die Augen von dem sich entfernenden Rad ab. Warum hatte er solche Angst gehabt, dem Mann ins Gesicht zu sehen? Wenn er jetzt in den Einkaufsladen ging, würden die meisten Menschen dort ehemalige Leprapatienten sein. Und bestimmt waren einige von ihnen stark gezeichnet.

War er für eine Begegnung mit diesen Menschen gerüstet? Wie würde er sich verhalten? Er wusste es nicht.

Nein, gerüstet war in diesem Zusammenhang das falsche Wort. Es ging weniger um sein Verhalten als um seine ihm selbst unklare innere Verfassung. Allein diese Stille ...

»Da sind die Unterkünfte, wo sie alle wohnen. Die Realität.«

Wakana schaute zu den Häuserreihen hinüber.

»Stimmt, das ist was anderes als das Internet, das hier ist die Realität.«

Beide nickten betroffen.

»Es ist noch immer nicht Zeit, aber Frau Yoshii kommt ja auch immer früher. Wollen wir gehen?«

»Ja.«

Sentaro und Wakana erhoben sich von der Bank und folgten einem Hinweisschild. Der Weg führte an der Einfriedung des HIMMELSGARTEN entlang. Weitere Unterkünfte und auch der Laden kamen in Sicht.

In jedem der Häuser war Platz für vier Parteien. Vor einigen flatterte Wäsche, bei anderen waren sämtliche

Vorhänge zugezogen. Über allem lag diese tiefe Stille, nicht einmal Radio- oder Fernsehgeräusche waren zu hören.

Dann ertönte irgendwo Musik.

»Gucken Sie mal, da drüben ...« Wakana deutete auf einen seltsam geformten Lastwagen, der hinter den Häusern hervorkam. Aus ihm drang die Musik. Langsam bog er in den Weg ein, auf dem die beiden gingen, und fuhr schließlich vor ihnen her.

Auf der offenen Ladefläche des Wagens standen drei in auffällige weiße Anzüge gekleidete Personen und hielten sich am Geländer fest.

Sentaro fragte sich, was das zu bedeuten hatte, aber Wakana sprach es vor ihm aus.

»Wer sind diese Leute? Warum sind die denn so angezogen?«

Sentaro fiel nur eine Antwort ein. »Wir sind hier in einem Sanatorium. Wahrscheinlich ist man deshalb etwas überempfindlich, was die Hygiene angeht.«

»Was ist dann mit Marvy?«

»Frau Yoshii hat gesagt, die Bewohner dürften Haustiere halten ...«

»Gesagt hat sie es.«

Sentaro schaute noch einmal in die Richtung, in die der Lastwagen gefahren war.

Die Hansen-Krankheit war doch aus Japan verschwunden? Warum dann diese übertriebene Aufmachung? Medizinern zufolge war seit Jahren kein ansteckender Fall mehr aufgetreten. So hatte es im Internet gestanden. Also könnten die hier Beschäftigten doch ganz normale Kleidung tragen? Verunsichert überlegte Sentaro, ob es verantwortungslos war, ein junges Mädchen wie Wakana hierherzubringen.

»Ah, da sind Leute.« Nachdem sie am Badehaus und an der Brettspielhalle vorbei waren, blieb Wakana stehen.

Das musste das Geschäft sein. Es sah aus wie eine Art Lebensmittelkooperative, und mehrere eifrig ins Gespräch vertiefte Personen standen davor.

»Sie lachen«, sagte Wakana. Und seltsamerweise fiel alle Anspannung von Sentaro ab. Er war selbst verblüfft darüber. Beim Anblick der Bewohner verflüchtigte sich seine Furcht vor der Begegnung mit ihnen.

Wakana hatte recht – die Leute lachten. Ihre Mienen waren gelöst und heiter.

Je näher Sentaro und Wakana dem Laden kamen, desto mehr Leuten begegneten sie.

Am Stock. Auf Fahrrädern. Mit Medikamentenschachteln in den Händen. Sie waren in unterschiedlicher gesundheitlicher Verfassung. Die einzige Gemeinsamkeit war ihr hohes Alter. Neugierig musterten einige Marvys Käfig. Andere trugen dunkle Brillen. Vermutlich waren ihre Augen geschädigt.

Sentaro rückte näher an Wakana heran. »Sie scheinen alle in Frau Yoshiis Alter zu sein«, flüsterte er, damit nur sie ihn hörte.

Sie standen jetzt vor dem geöffneten Laden, der nicht anders wirkte als ein normaler Supermarkt. Auf der rechten Seite befanden sich Lebensmittel und Dinge des täglichen Bedarfs, links standen ein paar runde Tische und an der Wand Getränkeautomaten.

Tokue Yoshii saß ganz allein an einem der Tische am Fenster.

17

Tokue stand langsam auf, ohne dass Sentaro sie anzusprechen brauchte. Ihre Augen huschten zwischen ihren beiden Besuchern hin und her, das eine zuckte dabei. Sie schlug die steifen Hände vor der Brust zusammen.

»Wie schön, Sie zu sehen, Frau Yoshii«, sagte Sentaro. »Das letzte Mal ist ja schon eine Weile her. Auch für Wakana.«

Tokue verbeugte sich. »Ich freue mich so.«

»Wir auch. Ganz besonders.«

Tokue strahlte über das ganze Gesicht und nahm Wakana in die Arme.

»Vielen Dank, dass ihr gekommen seid.«

»Allerdings nicht ohne Hintergedanken.« Sentaro hob den Vogelkäfig hoch, um ihn ihr zu zeigen. »Entschuldigen Sie, dass wir Sie mit so etwas behelligen.«

»Was für ein hübsches Gelb.«

»Das ist der Kanarienvogel, von dem ich Ihnen erzählt habe. Er heißt Marvy.«

Wakana berichtete mit etwas schriller Stimme, dass

sie Marvy jetzt wirklich nicht mehr behalten könne. »Ich hätte nicht gedacht, dass er so laut zwitschert.«

»Und jetzt kümmere ich mich um ihn«, fiel Sentaro ein. »Das hatte ich Ihnen ja geschrieben.«

»Marvy«, murmelte Tokue und spähte in den Käfig.

»Dürfen Sie ihn hier halten?«, vergewisserte sich Sentaro.

Tokue nickte. »Ja. Ich hatte früher auch einen Kanarienvogel.«

»Ach? Wirklich?«

»Ja, das war schön.«

Sentaro und Wakana atmeten auf.

»Die endgültige Entscheidung liegt bei unserer Selbstverwaltung. Aber direkt verboten sind nur Hunde, weil mal jemand gebissen wurde und auch das Gebell störte. Aber Katzen darf man halten, und kleine Vögel oder andere Kleintiere sind sowieso kein Problem. Deshalb kann der kleine Marvy jetzt zu mir.«

»Vielen Dank. Sie sind unsere Rettung.«

»Aber warum habt ihr denn daran gezweifelt?«

»Also, weil ... «, setzte Sentaro an und geriet ins Stocken. »Als wir vorhin gekommen sind, haben wir einen Lastwagen gesehen, auf dem drei Leute in Schutzanzügen oder so was standen.«

Sentaro sah Wakana Zustimmung heischend an.

»Ja. Sie sahen fast aus wie Astronautenanzüge«, bestätigte sie.

»Also dachten wir, sie wären so angezogen, weil das hier ein Sanatorium ist. Und dass wegen der Bazillen vielleicht keine Tiere erlaubt sind«, erklärte Sentaro. Seine Befürchtung, dass die Schutzkleidung auf eine mögliche Ansteckungsgefahr hinwies, behielt er natürlich für sich.

»Ach, die.« Tokue schüttelte geringschätzig den Kopf. »Da sieht man, wie sie mit ihrer übertriebenen Verkleidung die Leute erschrecken. Heutzutage trägt vom Handwerker bis zur Putzfrau jeder solche Anzüge. Den Laster nennen wir übrigens den Futterwagen.«

»Futterwagen?«, fragte Wakana.

»Ja. Er bringt morgens, mittags und abends die Mahlzeiten für Bewohner, die sich nicht selbst etwas machen können. Die Lieferanten tragen eine weiße Uniform. Jetzt, wo ihr es sagt, fällt mir auch auf, wie sonderbar das wirkt. Aber außer der Aufmachung hat sich seit früher nicht viel verändert.«

Sentaro und Wakana tauschten einen vielsagenden Blick.

»Das Sanatorium besteht schon seit hundert Jahren. Aber erst seit ganz Kurzem dürfen junge Mädchen wie Wakana hier zu Besuch kommen. Es müsste sich überhaupt noch einiges ändern.«

An dieser Stelle fiel Sentaro wieder ein, dass er sich auf einer ehemaligen Leprastation befand und all die Menschen um ihn herum einmal an dieser Krankheit gelitten hatten. Womöglich hatten sie ihr Gespräch mit angehört. Etwas beunruhigt fragte er sich, wie sie sein Gerede über die Schutzanzüge aufgenommen hatten.

»Auf alle Fälle kümmere ich mich um den kleinen Marvy.«

»Wir sind Ihnen wirklich sehr dankbar.«

»Schon gut, schon gut.« Tokue lachte über Sentaros Beflissenheit.

»Mein Mann ist seit zehn Jahren tot, und ich bin immer allein. Ich freue mich sehr, dass Marvy mir jetzt Gesellschaft leistet.«

»Ach, Sie waren verheiratet, Frau Yoshii?«

»Ja, aber ich habe keine Kinder.«

»Wir haben ja schon mal darüber gesprochen«, warf Sentaro ein, um vom Thema abzulenken. Er fürchtete, solche Fragen könnten Tokue kränken, aber sie fuhr fort.

»Hier bin ich mit Menschen zusammen, die ich gut kenne. Ich bin geheilt, aber bei meinem Mann dauerte es lange, und später bekam er sogar einen Rückfall. Er hatte es sehr schwer im Leben.«

»Ach ...« Sentaro und Wakana waren nicht sicher, was Tokue ihnen sagen wollte.

»Ich werde euch davon erzählen.«

Einige der Bewohner, die sich zu Kaffee und Tee an den Tischen niedergelassen hatten, musterten die beiden Besucher mit verstohlenen Blicken. Sentaro dachte einen Moment lang an das, was er über den Kampf gegen Lepra erfahren hatte.

»Mein Mann hat wirklich viel mitgemacht.«

»War der Rückfall die Ursache für seinen Tod?«

»Nein, Lepra ist ja nicht tödlich. Auch Menschen mit schweren Behinderungen können ein recht hohes Alter erreichen. Aber mein Mann hatte schon immer ein schwaches Herz. Als wir dachten, er hätte die Krankheit endlich überwunden, ist er plötzlich gestorben.«

»Das wussten wir nicht.«

»Menschen wie wir dürfen nicht einmal nach ihrem Tod in ihre Heimat zurück. Mein Mann ruht in unserer Urnenhalle hier, und ich kann ihn jeden Tag besuchen.«

An dieser Stelle brach Marvy in lautes Gezwitscher aus.

»Er singt ja recht ordentlich, nicht?«, sagte Tokue.

Wakana nickte. »Ja, und laut. Das ist ja das Problem. Meine Mutter sagt, Kanarienvögel singen normalerweise viel schöner.«

»Das wird schon, wenn er sich verliebt«, sagte Sentaro.

Tokue lachte. »Aber wie soll der Arme sich denn verlieben?«

Sie hielt ihr Gesicht an den Käfig und ahmte Marvys Gezwitscher nach. Wakana beobachtete sie schüchtern. »Sie könnten sich ja noch einen kaufen«, sagte sie leise.

»Hm, das ließe sich überlegen«, sagte Tokue. »Was frisst denn dieser kleine Vogel? Salat und frisches Gemüse kann ich ihm doch geben?«

»Ja, Gemüse.«

»Der frisst alles«, sagte Sentaro.

»Oh, Entschuldigung.« Tokue lief die Nase, und sie nahm ein Papiertaschentuch aus der Tasche. »Ich habe mir einen Schnupfen geholt, und er geht einfach nicht weg.«

»Haben Sie im *Doraharu* aufgehört, weil es Sie zu sehr angestrengt hat, Frau Yoshii?«

»Ja. Seither fühlte ich mich ziemlich erschöpft.« Sie wischte sich die Nase und entschuldigte sich noch einmal leise. »So etwas war früher streng untersagt«, erklärte sie. »Es gab eine Zeit, in der es hieß, die Krankheit würde durch Nasenschleim übertragen. Aber wie sich herausstellte, stimmte das nicht.«

Tokue öffnete ihren Beutel und ließ das Taschentuch unauffällig darin verschwinden.

Wakana beobachtete sie von der Seite.

»Wann sind Sie eigentlich hierhergekommen, Frau Yoshii?«, fragte sie unvermittelt.

»Lass das doch«, wollte Sentaro sie unterbrechen, aber Tokue antwortete, ohne eine Miene zu verziehen.

»Als ich etwa in deinem Alter war, Wakana.«

»Was? So jung waren Sie?«

»Ja. Als Kind habe ich auf dem Land gelebt, in einer sehr abgelegenen Gegend. Japan hatte den Krieg verloren, und es ging uns sehr schlecht. Irgendwann kam mein ältester Bruder aus China zurück, völlig abgemagert, wie ein Gespenst sah er aus, aber wir hatten nichts zu essen. Dann starb auch noch mein Vater. An Schwindsucht.«

»Gab es keine Medikamente?«, flüsterte Wakana.

Tokue schüttelte mit einem bitteren Lächeln den Kopf. »Nein, damals nicht.«

Marvy zwitscherte aus vollster Kehle. Außerdem erhob sich immer wieder Gelächter von den anderen Tischen. Sentaro und Wakana beugten sich näher zu Tokue, um sie besser zu verstehen.

»Später fanden meine beiden älteren Brüder endlich
Arbeit, und meine kleine Schwester und ich halfen bei
Bauern auf dem Feld. Nachdem wir uns lange mehr
schlecht als recht durchgeschlagen hatten und ein bisschen Hoffnung schöpften, bemerkte ich eines Tages seltsame rote Flecken auf meinen Oberschenkeln.«

Tokue deutete auf ihren rechten Oberschenkel.

»Ich fragte mich dauernd, woher die wohl kamen.
Meine Mutter machte sich Sorgen und brachte mich zu
einem Arzt in der Stadt. Aber der wusste auch nicht,
was es war. Er gab mir ein Medikament, und wir gingen
nach Hause. Unterdessen breitete der Ausschlag sich
immer mehr aus. Und die Rückseite meiner Beine fühlte sich taub an. Es tat überhaupt nicht weh, wenn ich
hineinkniff. Als die Symptome immer auffälliger wurden, sollte ich in ein Krankenhaus, und meine Mutter
und einer meiner Brüder brachten mich hin.«

Marvy hatte sich jetzt richtig akklimatisiert und zwitscherte, was das Zeug hielt. Die anderen Gäste schauten
hin und wieder zu ihm herüber.

»Ein Kanarienvogel, oder?«, unterbrach jemand Tokues Bericht.

»Ja«, sagte sie und fuhr fort. »Anschließend wurde
ich in den HIMMELSGARTEN eingewiesen. Mir hatte
man zuerst nichts gesagt, aber meine Mutter und mein
Bruder wussten Bescheid. Es war alles sehr hart. Die
Reise von meinem Dorf in Chubu an den Stadtrand
von Tokio. Vorher durfte ich noch einmal nach Hause,
und meine Mutter hatte für unser letztes gemeinsames

Abendessen alles aufgetrieben, was sie konnte. Es gab sogar Omelett, damals eine sehr seltene Delikatesse. Meine kleine Schwester juchzte vor Freude. Aber meine Mutter weinte so sehr, dass auch der Kleinen das Lachen verging. Mein Bruder erklärte mir, ich hätte eine schwere Krankheit und dürfe für eine Weile nicht nach Hause kommen. Darauf müssten wir gefasst sein. Ich versuchte, ein fröhliches Gesicht aufzusetzen und zu essen, aber natürlich bekam ich kaum einen Bissen herunter.«

»Hat man Ihnen den Namen der Krankheit denn nicht gesagt?«

Tokues Antwort war etwas schwammig.

»Nein ... oder doch. Aber ich versuchte mir mit Gewalt einzureden, dass das nicht sein konnte. Am nächsten Tag brach ich dann mit meinem ältesten Bruder auf.«

»Und Ihre Mutter?«

»Sie begleitete uns zum Bahnhof. Sie weinte und entschuldigte sich ununterbrochen. Die ganze Nacht lang hatte sie an einer Bluse für mich genäht. Eine Bluse, wie es sie kein zweites Mal gab. Aus feinstem weißem Musselin. Ich hatte so etwas noch nie getragen. Allein der Gedanke, auch nur zeitweise von meiner Familie getrennt zu sein, zerriss mir das Herz. Ich stand in meiner neuen weißen Bluse am Bahnhof und klammerte mich an meine Mutter. Wir weinten. Mein anderer Bruder und meine Schwester waren nicht mit zum Bahnhof gekommen. Aber als wir an der Haustür voneinander Abschied nahmen, hatten meine Schwester und ich auch die ganze Zeit über geweint. ›Wein doch nicht‹, sagte ich immer wieder, ›ich komme ganz bestimmt zurück.‹ So stiegen wir in den Zug nach Tokio. Eine ganze Nacht lang schaukelten wir durchs Land. Als wir endlich angekommen waren, sagte mir mein Bruder, wer Lepra hätte, so wie ich, dürfe nie mehr nach Hause.«

Hier brach Tokue ab und schloss langsam die Augen. Mit ihren krummen Fingern nahm sie wieder ein Taschentuch aus ihrem Beutel und betupfte sich Nase und Augenwinkel.

»Wie alt waren Sie damals genau, Frau Yoshii?«

»Vierzehn«, sagte sie kurz und schnäuzte sich die Nase. »Hier wurde ich dann gründlich untersucht. Anschließend steckte man mich in ein Desinfektionsbad, und alles, was ich bei mir hatte, wurde entsorgt. Unter Tränen flehte ich die Krankenschwester an, mir wenigstens die Bluse zu lassen, die meine Mutter mir genäht hatte. Aber sie sagte, das sei gegen die Vorschrift. Ich glaubte, dass mein Bruder noch draußen wartete, und bat die Schwester, ihn die Bluse wieder mitnehmen zu lassen. Doch als sie wieder kam, sagte sie herzlos, mein Verwandter sei schon abgereist. Außerdem gehörte ich von nun an sowieso nicht mehr zu meiner Familie und bekäme heute einen anderen Namen. Ich schrie und weinte. Warum ich? Erst jetzt begriff ich das Ausmaß meines Unglücks. Wer einmal Lepra hatte, blieb für immer eingesperrt. Auch mir hatte der Anblick solcher Menschen Angst gemacht. Aber dass ich selbst ...«

Sooft Tokue nicht weiterwusste, ermutigte Sentaro sie sanft mit einem Stichwort.

»Und die Bluse?«

»Die habe ich nie zurückbekommen. Die Bluse, die meine Mutter mir genäht hat, ist für immer verschwunden. Stattdessen händigte man mir zwei gestreifte gefütterte Patientenkimonos aus. Andere gebe es nicht. Neue würde ich erst in zwei Jahren bekommen. Also solle ich sorgsam damit umgehen. Dabei war ich doch noch ein junges Mädchen.«

»Tokue! Tokue!«, rief leise und mit brüchiger Stimme jemand hinter ihnen. Tokue drehte sich um und winkte.

»Tokue, kann ich das hierhinstellen? Dann gehe ich gleich wieder.«

Auch Wakana und Sentaro wandten sich zu der Stimme um. Sie gehörte einer älteren Frau mit entstellten Zügen. Sie erkannten sogleich, dass die Krankheit bei ihr einen schlimmeren Verlauf genommen hatte als bei Tokue. Ihre Unterlippe hing so stark herunter, dass das Zahnfleisch sichtbar war.

Sentaro und Wakana wussten nicht recht, wie sie sich verhalten sollten, und grüßten schüchtern.

»Ich heiße Moriyama. Tokue und ich backen zusammen und machen Süßspeisen.«

»Frau Yoshii hat mir unglaublich viel geholfen«, sagte Sentaro.

»Aha, dann sind Sie wohl der Dorayaki-Verkäufer?«

»Ja, genau.«

»Ich hätte auch gern bei Ihnen gearbeitet«, sagte Frau Moriyama.

Sie verabschiedete sich, lächelte und verließ den Laden. Auf den Tisch hatte sie eine Tüte mit einem in Aluminiumfolie gewickelten Päckchen gelegt.

»Wir können es aufmachen«, sagte Tokue. »Sie hat bestimmt etwas Leckeres gebacken.«

Wenn er ehrlich war, hatte Sentaro eigentlich keine Lust, etwas zu sich zu nehmen. Tokues Geschichte war ihm sehr zu Herzen gegangen, und auch diese erste Begegnung mit einer so gezeichneten Person hatte ihn mitgenommen. Vielleicht bemerkte Tokue, wie aufgewühlt er war, denn sie griff als Erste nach der Tüte und öffnete das Päckchen. Ein feines Gebäck kam zum Vorschein.

»Ah, Tuiles.«

»Tuiles?«

»Das sind französische Plätzchen«, erklärte Tokue und reichte Sentaro und Wakana jeweils eins. »Aus Mandeln und Orangen. Sie sind ganz einfach zuzubereiten.«

»Sie kennen sich aber aus. Ich habe so was noch nie gesehen, obwohl ich Gebäck verkaufe.«

Es wäre gelogen zu behaupten, dass Sentaro nicht zögerte, das Plätzchen zum Mund zu führen. Doch kaum hatte es seine Lippen berührt, stieg ihm ein prickelndes Zitrusaroma in die Nase, bei dem sich seine Stimmung mit einem Mal wandelte. Mit dem leichten Duft der Mandelblättchen ergab das eine würzige Frische.

»Schmeckt interessant.«

»Wirklich. Es riecht, als hätte man frische Früchte geröstet.« Sogar Wakanas Stimme klang nun etwas heiterer. Sie zerbrach ein Tuile und steckte ein Stückchen in den Mund.

»Sie kennen sich aber gut aus mit Konfekt, Frau Yoshii. Dabei waren Sie doch die ganze Zeit hier eingesperrt.«

»Ach was.« Tokue packte das Gebäck wieder in die Folie. »Wollen wir ein bisschen spazieren gehen?«

Sentaro und Wakana erhoben sich.

18

Die drei schlenderten mit dem Vogelkäfig durch den Park. Kaum hatten sie sich ein Stück von dem Laden entfernt, kehrte wieder tiefe Stille ein.

»Es hieß zwar, man würde uns behandeln, aber am Anfang gab es noch kein Promin.«

Promin. So hieß der besondere Arzneistoff, der gegen die Hansen-Krankheit eingesetzt wurde. Sentaro und Wakana wussten aus dem Internet, dass dieses Medikament ein Durchbruch in der langen, grausamen Geschichte der Krankheit gewesen war.

»Aber dieses Promin hat geholfen, nicht wahr?«, fragte Wakana, die neben Tokue herging.

»In Japan setzte es sich nur langsam durch. Aber als die Nachricht von seiner Wirksamkeit uns erreichte, schlossen wir uns zusammen und kämpften für die Ausgabe von Promin. Das war unsere einzige Möglichkeit. In allen Leprakolonien spielte sich das Gleiche ab. Damals war es noch gar nicht lange her, dass man Leprapatienten zwangsisolierte, das heißt, in Einzelzellen einsperrte.«

»Einzelzellen? So was gab's? Das habe ich ...«, stieß Sentaro hervor, bevor er erschrocken verstummte.

»Früher gab es ein besonders gefürchtetes Leprosorium in Kusatsu. Mit Isolationszellen. In allen Einrichtungen wurden Patienten eingesperrt, aber wer nach Kusatsu kam, für den gab es keine Hoffnung mehr. Diese Menschen wurden monatelang in dunklen Zellen gefangen gehalten, in die kein Sonnenstrahl fiel. Im Winter waren sie eingeschneit, und wer nicht verhungerte, erfror«, fuhr Tokue in fast beiläufigem Ton fort. Wakana hatte es inzwischen völlig die Sprache verschlagen.

»Manche wurden wahnsinnig und starben. Auch einige von uns aus dem HIMMELSGARTEN wurden, weil sie einen Streik angezettelt hatten, nach Kusatsu geschickt und kamen in Isolationshaft um.«

Sentaro versuchte, sich das Leben hinter den einstigen Zäunen vorzustellen, als Tokue ein junges Mädchen gewesen war. Wie hatte sie ihre Tage verbracht?

»Doch hätte ich die Krankheit nicht selbst bekommen, hätte mich das wohl nicht gekümmert. Als ich klein war, habe ich das mal gesehen. Verdächtige Landstreicher wurden eingesammelt und auf Polizeilastwagen abtransportiert. Leute vom Gesundheitsamt kamen und haben die auf dem Laster kauernden Menschen ohne jedes Mitgefühl mit einem weißen Pulver bestäubt. Damals habe ich mich sehr vor diesen Herumtreibern gefürchtet. Nach meiner Ankunft war es mir deshalb eine Zeit lang der schlimmste Graus, die Kranken zu sehen, die hier eingeliefert wurden. Obwohl ich doch selbst Lepra hatte.«

Aber das ist doch verständlich, wollte Sentaro sagen, aber die Kehle war ihm wie zugeschnürt.

»Bei denjenigen, bei denen die Krankheit fortschritt, brachen die Symptome an allen möglichen Körperstellen aus. Die Menschen bekamen überall Knoten, große Geschwüre und Schorf bildeten sich. Bei manchen fielen die Finger ab, bei anderen die Nase, bei besonders schwer Betroffenen beides. In der Zeit, als es noch keine Medikamente gab, war das sehr verbreitet. Ich hatte große Angst, dass es mir nach und nach auch so ergehen würde ... Der Anblick dieser Unglücklichen war wahrhaftig grauenvoll«, erzählte Tokue unbekümmert, während sie durch den Park gingen.

Sie gelangten an einen kleinen Hügel. Früher war er wohl einmal ein Haufen aufgeschütteter Erde gewesen, jetzt wuchsen auf ihm Büsche und ein paar Herbstblumen blühten.

»Alle sehnten sich immerfort nach ihrem Zuhause. Und wenn sie es vor Heimweh kaum noch aushielten, kamen sie hierher.«

Tokue deutete auf eine Stelle, wo zahllose Besucher die Erde zu einer Art Treppe festgestampft hatten.

»Es gab den Hügel schon, bevor ich hierherkam. Leute, die nur leicht erkrankt waren, hatten die Erde von einem gerodeten Waldgebiet hierhergeschafft und ihn angelegt. Sie kamen hierherauf, blickten auf die fernen Berge und dachten an ihre Heimat.«

»Sie auch, Frau Yoshii?«, fragte Wakana, aber Tokue machte kein Anstalten, auf den Hügel zu steigen.

»O ja, viele Male. Aber da ich keine Hoffnung hatte, jemals entlassen zu werden, machte es mich nur unnötig unglücklich. Durch und durch unglücklich. Also kam ich ab einem gewissen Zeitpunkt nicht mehr her. Stattdessen ...«

An dieser Stelle musste Tokue kräftig niesen.

»Der Schnupfen ist dieses Jahr wirklich ganz schön hartnäckig.« Wieder zog sie ein Taschentuch hervor und schnäuzte sich. Plötzlich musste sie lachen.

»Ich war von je ein Bösewicht, mich traf des Himmels Strafgericht.«

»Wie bitte?«, fragte Sentaro etwas verdutzt.

»Sagte mein Mann«, antwortete Tokue. »Als ich das letzte Mal hier heraufkam und allein vor mich hin weinte, sprach er mich an. Bald darauf heirateten wir.«

»Was war er denn für ein Mensch?«, fragte Wakana.

Tokue lachte. »Tja, was war er für ein Mensch? Ich weiß es noch immer nicht«, antwortete sie ausweichend.

Tokue schlug einen Pfad ein, der in einen Hain führte.

Er war dicht und eine dicke Schicht Laub bedeckte den Boden, sodass Sentaro sich im Wald von Musashino wähnte. Man hätte fast vergessen können, dass man sich auf dem Gelände eines Sanatoriums befand.

Tokue fuhr fort, von ihren Erinnerungen zu erzählen, während Sentaro und Wakana ihr schweigend folgten.

»Weil mein Mann einen angeborenen Herzfehler hatte, musste er nicht in den Krieg und konnte weiterarbeiten. Was glaubt ihr, was er von Beruf war?«

Sentaro zuckte die Achseln. »Ich weiß nicht.«

»Er arbeitete bei einem Süßwarenhändler in Yokohama.«

»Ach – deshalb?«

»Ja, genau. Mein Mann wusste alles über Süßspeisen.«

»So ist das also gekommen!«, rief Sentaro. Zum ersten Mal, seit sie den HIMMELSGARTEN betreten hatten, war ihm etwas heiterer zumute. Und auch Wakanas Stimmung schien sich zu bessern.

»Er war sehr groß, müsst ihr wissen. Lang wie eine Palme. Als entdeckt wurde, dass er Lepra hatte, und er bei dem Süßwarenhändler aufhören musste, machte er sich darauf gefasst, wie ein Hund am Straßenrand zu sterben, und zog als Bettler durch Japan. Dabei hätte er so schnell wie möglich ein Sanatorium aufsuchen müssen.«

»Bestimmt wollte er vor seiner Krankheit fliehen«, sagte Wakana.

Tokue sah ihr bekümmert ins Gesicht.

»Ja, da hast du recht, das mag sein. Als man ihn endlich hierherbrachte, war seine Krankheit weit fortgeschritten. Oft krümmte er sich so vor Schmerzen, dass ich es kaum mitansehen konnte. Durch die Wunden an seinen Händen waren die Nerven stark geschädigt, man nennt das Neuritis. Doch weder hasste er die Welt, noch verfluchte er die Götter. Er war ein sehr geduldiger Mensch.«

»Warum nur ... musste das so kommen?«

Sentaro sah Tokue und Wakana fragend an.

»Ich meine, warum muss jemand, der einfach nur Süßes herstellt, so ein schlimmes Leiden ertragen?«, erklärte Wakana.

»Tja, darauf gibt es wohl keine Antwort«, sagte Tokue, während sie langsam weitergingen.

»So denken sicher die meisten hier, aber wenn es wirklich einen Gott gibt, würde ich ihn gern mal erwischen und verdreschen. Dafür gäbe es viele Gründe.«

Tokue schüttelte den Kopf.

»Dennoch haben wir unser Möglichstes getan, um ein normales Leben zu führen«, sagte sie und blieb stehen. Auch Sentaro und Wakana hielten inne.

»Früher kam hier nicht einmal die Feuerwehr, wenn es gebrannt hat. Und wenn ein Verbrechen geschah, kam auch nicht die Polizei. So war das. Also schlossen wir uns zusammen und halfen uns selbst. Sonst hätten wir nicht leben können. Es wurde sogar Geld hergestellt, das nur hier im Umlauf war.«

»Geld?«

»Ja.« Tokue wandte sich an Wakana, die sie erstaunt ansah.

»Wir bemühten uns mit vereinten Kräften um einen normalen Alltag. An Lepra erkrankte Geishas brachten uns neben Liedern und Balladen, die sie auf ihren Instrumenten begleiteten, auch das Nähen bei. Die Lehrer gründeten eine Schule und unterrichteten die Kinder. Friseure brachten ihre Scheren mit und schnitten Haare. Wir hatten auch Schneider für westliche und für japanische Kleidung, eine Gärtnerei und eine Feuerwehr.

Auf diese Weise bemühten wir uns, unser Schicksal zu meistern.«

Tokue ging langsam weiter. Die zierlichen Blumen am Wegrand wiegten sich in der Brise. Wenn man dieses Bild herausschnitte, sähe niemand etwas anderes darin als ein wunderschönes Wäldchen, dachte Sentaro wieder.

»Alle brachten Erfahrungen aus ihrem Leben in der Gesellschaft mit. Um es mit den Worten einer Geisha zu sagen, die uns beibrachte, wie man Kimonos anlegt: Jeder hat ganz spezielle Fähigkeiten. Unsere war es, unbeirrt unserem Gönner zu dienen.« Tokue drehte sich zu der kleinen Wiese mit den Blumen um. Auch Sentaro und Wakana blieben stehen.

»Also gründeten wir eine Konditorei.«

»Ach? Das gab es also auch?«

»Natürlich, fast von Anfang an. Ursprünglich stellten wir nur Mochi für Neujahr und grüne Kusamochi für den Frühlingsbeginn und so was her. Damit fing es an.«

»Daher die fünfzig Jahre An!« Sentaro klatschte in die Hände. Endlich war das Rätsel gelöst.

»Aber wir stellten auch viele andere Süßspeisen her. Sogar westliches Konfekt.«

»Deshalb füllen Sie die Dorayaki manchmal mit dieser leckeren Creme!«, platzte Wakana heraus.

»Ja, genau.« Tokue lachte.

»Süßes aus der Konditorei im HIMMELSGARTEN ...«

»Ja, ich habe mich ständig damit beschäftigt. Sonst wäre alles noch trauriger gewesen. Besondere Leckereien herzustellen war meine Herausforderung. So kämpfte ich gegen den Kummer an.«

Sentaro holte Luft, wusste aber nicht, was er sagen sollte.

»Toll«, sagte Wakana nur, dann verstummte auch sie.

»Na ja, so gut es eben ging«, sagte Tokue und zeigte mit einem winzigen Lächeln auf ihre Krallenhände.

Das Wäldchen ging in Gestrüpp über, und wo der Pfad endete, stießen sie auf eine gemähte Wiese und eine Steinpagode.

»Hier ruht mein Mann«, sagte Tokue und ging langsam auf die Pagode zu. »Wenn früher ein Leprakranker entdeckt wurde, wurde häufig seine ganze Familie aus der Gesellschaft ausgestoßen. Also löschte man die Namen der Kranken aus den Familienregistern. Tokue Yoshii ist auch nicht mein richtiger Name. Ich habe ihn erst hier bekommen.«

Sentaros Blick wanderte unwillkürlich von Tokue zu Wakana. Sie schaute kurz beiseite, bevor sie ihn erwiderte.

»Ihr wirklicher Name ist also ein anderer?«

»Ja, in Wirklichkeit heiße ich anders.«

»Das hätte ich nicht gedacht ...«, murmelte Sentaro und verstummte. Auch Wakana sagte nichts, und sie standen schweigend vor der steinernen Pagode.

»Hier ist das Urnenhaus für die Leute, die im HIMMELSGARTEN gestorben sind.«

»Urnenhaus?«, fragte Wakana.

»Wir haben keine Grabstätten. Mein Mann, also Yoshiaki ruht auch hier. Jetzt ist er von seinen Schmerzen erlöst und träumt bestimmt von den Manju, die er so gerne aß.«

Tokue legte die Hände zusammen.

»Yoshiaki, wir haben heute einen kleinen Freund mitgebracht.«

Sentaro blickte auf Tokues zierlichen Rücken. Er stellte den Vogelkäfig ab, und er und Wakana falteten ebenfalls die Hände.

Marvy zwitscherte laut, vermutlich seine Antwort auf den anhaltenden Ruf eines Grauohrbülbül.

»Und dann«, Tokue ließ wieder die Arme hängen, »kam endlich die Zeit, in der wir die Kolonie hätten verlassen können. Aber viele Schwierigkeiten stellten sich uns in den Weg. Hatte es überhaupt Sinn, nach Hause zurückzukehren? Meine Mutter und meine Brüder waren inzwischen gestorben. Und als ich mich bei meiner Schwester meldete, flehte sie mich regelrecht an, sie zu verschonen. Auch Yoshiakis Familie wollte nichts mehr von ihm wissen. Insgesamt ruhen hier die Überreste von über viertausend Menschen. Als das Gesetz zur Prävention von Lepra abgeschafft wurde, waren wir alle überglücklich, weil wir glaubten, wir könnten nun in unsere Heimat zurück. Doch seither sind viele Jahre vergangen, aber kaum jemand wurde mit offenen Armen wieder aufgenommen. Die Welt ist noch genauso unbarmherzig wie früher.«

Tokue lächelte, als ginge sie das alles nichts an.

»Entschuldigt, dass ich heute die ganze Zeit über von so traurigen Dingen spreche. Aber es tut gut, sich einmal alles von der Seele zu reden. Ich danke euch, dass ihr mir zuhört.«

Wakana legte den Kopf schräg. »Bitte erzählen Sie uns mehr.«

»Wir müssen Ihnen danken, weil Sie sich um den Kanarienvogel kümmern«, sagte Sentaro. »Außerdem brauche ich auch noch Ihren Rat. Darf ich wiederkommen?«

Tokue nickte ihm zu. »Das würde mich sehr freuen«, antwortete sie mit einem gewissen Unterton.

Vom Urnenhaus folgten sie einem breiten Weg. In der Ferne sah man die Umrisse des Ladens und der Badehäuser. Es hätte also einen direkteren Weg zur Pagode gegeben, aber Tokue hatte wohl absichtlich den Umweg durch das Wäldchen genommen.

Als sie auf die Mitte des Parks zugingen, verspürte Sentaro ein unbestimmtes Ziehen im Rücken. Er drehte sich um, und sein Blick fiel auf die steinerne Pagode.

Wo über viertausend Menschen ruhten, die nie hatten heimkehren können.

Sentaro hatte das Gefühl, sie alle starrten ihn an.

19

An diesem Abend ging Sentaro ohne einen Schluck Sake
zu Bett.

Er fröstelte und hatte wohl auch etwas Fieber.

In seine Decke eingewickelt, drehte er die Zeiger der
Uhr ein wenig zurück und ließ die Szenen aus dem
HIMMELSGARTEN an sich vorüberziehen. Das Urnenhaus in der Abendsonne. Der Weg durch das Wäldchen.
Die Blumen auf der Wiese. Der kleine Erdhügel, der der
Sehnsucht nach Zuhause gewidmet war. Die Frau, die die
hauchzarten Plätzchen gebracht hatte. An dieser Stelle
fiel Sentaro ein, dass Tokue sich ständig die Nase ge-
putzt hatte.

Man hatte geglaubt, die Hansen-Krankheit würde
durch Nasenschleim verbreitet, hatte Tokue gesagt.

Ein Schauer durchlief seinen erhitzten Körper, und
Sentaro wälzte sich auf die andere Seite. Warum war er
so beunruhigt?

Tokues Krankheit war vor vierzig Jahren geheilt worden. So viele Jahre waren vergangen, dass man nicht einmal mehr von ehemaligen Patienten sprechen konnte.

Jedermann wusste das, warum also dieses Gefühl? Woher kam diese Furcht?

Ob mit Wakana alles in Ordnung war? Ihre Gesundheit durfte keinen Schaden nehmen.

Die Hand auf die heiße Stirn gelegt, dachte Sentaro an sie.

Den ganzen Rückweg vom HIMMELSGARTEN in die Stadt hatte das junge Mädchen den Kopf hängen lassen. Der Besuch der früheren Leprakolonie hatte sie wohl beide ziemlich mitgenommen.

Nachdem sie sich von Tokue verabschiedet hatten, waren sie noch in dem an den HIMMELSGARTEN angrenzenden Museum gewesen und durch die großen Räume gegangen, fast ohne ein Wort miteinander zu wechseln.

Zahllose Seufzer lagen dort in der Dunkelheit verborgen. Es war eine Begegnung mit all dem, für das es keine Worte gab. Hätte man ihn gefragt, ob es gut oder schlecht gewesen sei, das Museum zu besuchen, hätte er sich natürlich für Ersteres entschieden. Das war seine ehrliche Meinung. Auch wenn er den Grund dafür nicht hätte nennen können, hatte er das deutliche Gefühl, dass die Zeugnisse der Menschen, die hier gelebt und gelitten hatten, ihm etwas gaben. Doch zugleich hatte eine Art Schwindelgefühl von ihm Besitz ergriffen, das er nicht mehr loswurde.

In der Ausstellung hatte es ein Foto mit dem Titel »Die lesende Zunge« gegeben. Es zeigte einen alten Mann, dem die Krankheit Sehkraft und Tastsinn geraubt hatte. Mit seinen gefühllosen Fingern konnte er keine Bücher in Brailleschrift lesen, also fuhr er langsam mit der Zunge über die Seiten und folgte so den Zeichen Punkt für Punkt. Das Bild, wie der alte Mann gerade aufgerichtet an einem Buch leckte, ging Sentaro einfach nicht aus dem Kopf.

Fotos dieser Art gab es viele in der Sammlung. Da war eine Gruppe von Männern, die jeder eine Mundharmonika in den fingerlosen Händen hielten. Oder eine alte Frau, die mit ihren deformierten Fingern hingebungsvoll an einem Gefäß töpferte.

Bis dahin hatten diese Menschen nicht das Geringste mit ihm zu tun gehabt. Doch nun drangen sie bis in sein Innerstes, um ihm etwas zuzuflüstern oder ihn mit sorgenvollen Mienen anzusehen. Bedrückt krümmte sich Sentaro. Und stieß einen fiebrigen Seufzer aus.

Er dachte an den Pfad, der durch das Wäldchen führte.

Wie viele Menschen mochten den kleinen, von Bäumen gesäumten Weg gegangen sein? Was hatten sie beim Anblick der stachligen Hecke gedacht, die sie von allem abschirmte?

Das Gefühl der Niederlage, das sie angesichts ihres endlosen Daseins hinter Zäunen empfanden, musste überwältigend gewesen sein. Sie trugen keine Schuld. In den Augen der Welt waren sie nichts. Und dennoch hatte man sie eingekerkert. Das Gesetz hatte entschieden, dass sie ihr ganzes Leben lang nicht frei sein würden.

Was hätte er an ihrer Stelle gedacht? Wäre er voller Wut durchs Leben gegangen? Oder hätte er versucht, alles zu vergessen?

Unversehens führten ihn seine Gedanken den Pfad entlang in den tiefen Wald. Bald gelangte er auf die kleine Lichtung mit der gemähten Wiese. An ihrem Rand stand ein Mädchen in einem groben gefütterten Kimono.

Sentaro wusste sofort, wer es war. Man hatte die Vierzehnjährige hierhergebracht, ohne ihr den Namen ihrer Krankheit zu nennen. Es war Tokue, und sie weinte sich die Augen aus.

Er stand nun hinter ihr und wollte ihr etwas Tröstliches sagen. Aber er wusste, dass, was immer er sagte, ihr keinen Mut machen konnte. Woraus sollte diese Kleine Hoffnung schöpfen? Vielleicht würde die Lepra ihr das Gesicht zerfressen. Zumindest würde sie ihr ganzes Leben lang eingesperrt bleiben.

Sentaro stand reglos hinter dem Mädchen und beobachtete es.

Auch wenn man ihr übel mitgespielt hatte, würde ihr Leiden doch irgendwann ein Ende finden. Sie würde ihr Gefängnis verlassen können. Auch wenn jetzt die ganze Welt ihr Feind war, würde auch für sie, wenn die Zeiten sich änderten, wieder die Sonne scheinen. Dennoch war es grausam, geboren zu werden, um schon mit vierzehn zu einem Leben voller Qualen verurteilt zu sein.

Sentaro bekam keine Luft mehr.

Ja. Es wäre besser, du wärst nicht geboren, musste es unablässig in ihr flüstern. Und an der Spitze von all dem stand ... Gott.

Gott bestand darauf, sie ihr Leben lang zu quälen.

Wie hatte Tokue es aufgenommen, lebenslänglich verurteilt zu sein? Wie hatte sie über ihr Leben gedacht?

Das vierzehnjährige Mädchen, das mit erstickter Stimme weinte.

Sentaro konnte nicht näher an sie heran und zog sich behutsam auf den Waldweg zurück.

20

Es wehte ein kalter, winterlicher Wind.

Er rüttelte an den Kirschbäumen vor dem Imbiss und ließ die wenigen noch verbliebenen Blätter tanzen. Die Leute auf der Straße zogen ihre Mäntel enger um sich und mummelten sich in ihre Schals.

Tokue war nun schon über einen Monat fort, und das Jahr näherte sich seinem Ende.

Eine Steigerung des Verkaufs war nicht in Sicht. Der Umsatz blieb niedrig, und die Witwe schaute nun dauernd vorbei.

»So kann das nicht noch ein Jahr weitergehen«, sagte sie, als sie die Bücher überprüfte.

Draußen wie drinnen herrschte durchdringende Kälte. Doch Sentaros Bohnenpaste schien sich zu verbessern. »Ihr An schmeckt jetzt wieder sehr gut«, bemerkten mehrere Kunden.

Sentaro trank nicht mehr und kümmerte sich wieder vom frühen Morgen an um die Bohnen. Dabei hielt er sich so weit wie möglich an Tokues Methode. Er stand vor dem Sawari und achtete genau auf die Hitze, das Wasser und die Zeit. Es gab sogar Tage, an denen er glaubte, beinahe an das An seiner Meisterin heranzukommen.

Allerdings führte auch das nicht dazu, dass eine erneute Umsatzsteigerung eintrat. In der Geschäftswelt gibt es eine Redensart: Sind die Kunden einmal weg, hat alles keinen Zweck. Ganz gleich, was die Ursache ist. Das erfuhr Sentaro nun am eigenen Leib. Die Witwe sagte sogar, sie wolle in Zukunft statt Dorayaki lieber Okonomiyaki – herzhafte Crêpes mit pikantem Belag – verkaufen. Vor einer Weile hätte Sentaro ihr vielleicht noch zugestimmt. Aber jetzt leistete er sanften, aber beharrlichen Widerstand. Obwohl es ihn früher so gedrängt hatte, der Backplatte zu entkommen, wollte er das *Doraharu* auf keinen Fall aufgeben. Auf die Frage, warum nicht, wusste er selbst keine Antwort. Er empfand einfach eine starke Abneigung gegen die drohende Veränderung.

Eines Tages, als vom Morgen an ein kalter Regen fiel, fand Sentaro im Briefkasten des Ladens einen Umschlag vor. Jemand musste ihn eingeworfen haben, als er noch mit den Vorbereitungen beschäftigt gewesen war. Die Schrift kam ihm vertraut vor.

An
Herrn Sentaro Tsuji
Chef vom Doraharu

Sehr geehrter Chef,
wie geht es Ihnen? Es ist sehr kalt geworden, und der
Winter steht vor der Tür. Ich habe noch immer eine

schlimme Erkältung. Ich tue nichts als schlafen und wieder aufstehen.

Und wie steht es mit dem Doraharu? Könnte es sein, Chef, dass Sie ein bisschen den Mut verlieren? Irgendwie habe ich so ein Gefühl.

Im HIMMELSGARTEN kann ich den Duft des Windes riechen und dem Rauschen der Bäume lauschen. Das tue ich nun schon seit sechzig Jahren. Der Sprache der Dinge lauschen, die keine Worte haben. Das nenne ich »zuhören«.

Als wir zusammen An kochten, haben Sie mich immer wieder gefragt, was ich da täte. Ob ich etwas hörte, wenn ich mein Gesicht so nah an die Bohnen halte. Ich habe kein anderes Wort dafür als »zuhören«, aber diese Antwort ist wohl zu vage und scheint Sie zu verwirren.

Man muss sich die Bohnen genau ansehen und ihnen zuhören. Zum Beispiel, um herauszufinden, wie sie sich bei Regen oder schönem Wetter fühlen. Was auf ihrer Reise geschah und wie der Wind wehte.

Ich glaube fest daran, dass alle Dinge auf dieser Welt ihre eigene Sprache haben. Denn alle, natürlich auch die Menschen, die durch die Einkaufsstraße gehen, sind lebende Wesen, können den Sonnenschein und den Wind fühlen. Für Sie, Chef, war ich vielleicht nur eine geschwätzige alte Oma, aber ich bereue, dass ich Ihnen diese absolut wesentlichen Grundlagen nicht besser vermitteln konnte.

Wenn ich durch das Wäldchen im HIMMELS-
GARTEN gehe, denke ich noch immer an das
Doraharu, an Sie, Chef, die Mädchen, ja, und
Wakana. Seit die Verbindung zu meiner jüngeren
Schwester abgerissen ist, habe ich niemanden
mehr auf der Welt. Jetzt, da ich nicht weiß, wie
lange ich noch leben werde, empfinde ich Sie,
Chef, und die kleine Wakana als meine Familie.
Vielleicht liegt es daran, dass mir, wenn ich an Sie
denke, der Wind, der durch die Stechpalmenhecke
weht, etwas zuflüstert, das mich beunruhigt ... Er
sagt mir, ich solle mit Ihnen sprechen. Es ist wie ein
Auftrag.
Schließlich war ich der Grund, aus dem sich gewisse
Gerüchte verbreitet haben. Haben Sie deshalb noch
immer Nachteile? Wenn ja, bin ich nicht rechtzeitig
gegangen. Auch wenn ich leben will, ohne jemandem Schaden zuzufügen, scheitere ich doch mitunter
an der Verstocktheit der Welt. Zu gewissen Zeiten
müssen wir besondere Weisheit walten lassen. Das
hätte ich Ihnen mitteilen sollen.
Jetzt müssen wir, Sie, Chef, und ich, darüber hinweg-
kommen. Da hilft kein Jammern. Sie müssen unbedingt den Durchbruch bei der Herstellung japanischer
Süßspeisen schaffen.
Ich bin überzeugt, Sie sind imstande, mit Ihren
eigenen Ideen eigene Dorayaki zu kreieren. Auch
wenn ich mein ganzes Leben lang An zubereitet
habe, müssen Sie nicht unbedingt meinem Weg

folgen. Gehen Sie Ihren eigenen Weg. Wenn Sie
verkünden können: »Das sind meine Dorayaki«,
bricht ein neuer Tag an. Ich bin ganz sicher, dass
Sie es schaffen, Chef.
Mit besten Grüßen
Ihre Tokue Yoshii
PS: Marvy ist gesund und munter. Er mag Grün-
zeug sehr und isst jeden Tag ein ganzes Salatblatt.
Allerdings sehnt er sich allmählich nach Freiheit.
Wie sollen wir das machen? Bitte kommen Sie doch
noch einmal mit Wakana vorbei. Dann können wir
es besprechen.

Sentaro überflog den Brief mehrmals und vergaß darüber sogar, die Backplatte einzuschalten. Aus jedem der eigentümlich schwankenden Zeichen sprach Tokue zu ihm. Als stünde sie direkt neben ihm.

Er hatte sowieso keine Kundschaft. Also rannte er zum Supermarkt, um Briefpapier zu kaufen.

An
Frau Tokue Yoshii

Vielen Dank, dass Sie mir trotz Ihrer schweren
Erkältung geschrieben haben. Ich habe Ihren Brief
mehrmals gelesen. Ich kann mich nicht erinnern,
dass mir jemals jemand so viel Mut zugesprochen
hat.
Das Wort »zuhören« passt genau.

Ich weiß nun, dass Sie deshalb Ihr Gesicht so nahe
an die Bohnen heranbringen. Mit Ihrer fünfzig-
jährigen Erfahrung betrachten Sie jede einzelne
Bohne ganz genau. Da bin ich mir sicher. Wie man
die Hitze handhabt oder wie man die Bitterkeit
herauszieht, ist letztendlich nur von physikalischer
Bedeutung. Nie im Leben hätte ich gedacht, dass
die Bohnen Ihnen zuflüstern, wo sie geboren und
aufgewachsen sind.

Hätte mir jemand anders so etwas erzählt, hätte ich
es nie geglaubt. Aber Ihnen glaube ich es. Ich weiß
nicht, warum, aber ich selbst habe noch nie auf diese
Weise »zugehört«. Ich habe es Ihnen nie gesagt,
aber nicht einmal meiner eigenen Mutter habe ich
zugehört.

Auch ich habe eine Zeit in Gefangenschaft verbracht,
wenngleich aus einem anderen Grund als Sie, Frau
Yoshii. Eigentlich wollte ich das für mich behalten,
aber jetzt habe ich das Gefühl, ich sollte Ihnen davon
erzählen. Viele Jahre bevor ich im Doraharu anfing,
habe ich leichtfertig gegen das Gesetz verstoßen.
Folglich saß ich eine Weile hinter Gittern und bekam
von meiner engen Zelle aus nur einen Zipfel vom
Himmel zu sehen.

Meine Mutter hat mich damals immer wieder besucht.
Wir saßen einander fast schweigend gegenüber, oft
wechselten wir nicht mehr als zwei oder drei Worte.
Sie starb, noch bevor ich aus dem Gefängnis kam.
An einer Gehirnblutung.

Wenn ich könnte, würde ich meine Mutter um Verzeihung bitten und ihr so vieles sagen. Damals jedoch haben wir kaum miteinander gesprochen. Ich habe ihr nichts gesagt und sie auch nichts gefragt. Das tut mir heute noch leid, und es gibt Momente, in denen es mir schwer auf der Seele liegt. Ich habe meine Mutter geopfert und habe es noch immer zu nichts gebracht.

Entschuldigen Sie, dass ich nur von mir schreibe. So bin ich eben.

Aber die Tage, an denen ich mit Ihnen die roten Bohnen gekocht habe, haben etwas verändert. Eigentlich wollte ich, sobald ich meine Schulden bezahlt habe, im Doraharu aufhören, aber jetzt ist das Gegenteil der Fall. Diese Wandlung, Frau Yoshii, ist Ihr Verdienst. Ich glaube an die Art, wie Sie empfinden. Ich besitze sie noch nicht, aber der Gedanke, dass alle Dinge eine Sprache haben, gefällt mir. Ich kämpfe weiter für das Doraharu. Einige Kunden loben mich, aber mein An scheint noch weit davon entfernt, wieder mehr Leute anzuziehen. Ehrlich gesagt, ich komme mir vor wie eine Kerze im Wind. Und vielleicht hat dieser Wind die Sorgen, die mich verfolgen, zu Ihnen geweht?

Bei unserem letzten Besuch hatte ich eigentlich noch eine Bitte an Sie. Außer der Sache mit dem Kanarienvogel, meine ich. Aber was ich an dem Tag gesehen und gehört habe, war so viel, dass ich sie nicht äußern konnte.

Eigentlich sollte ich mir eher Sorgen um Sie machen, wo Sie doch so erkältet sind, aber es geht natürlich wieder um mich. Sie müssen mir unbedingt noch mehr beibringen. Indem ich alles so gemacht habe wie Sie, habe ich ein einigermaßen passables An hingekriegt. Aber ich habe noch immer keine Ahnung, wie ich eigene Dorayaki machen kann und welche Richtung ich dabei einschlagen soll.

Sie sagen, Frau Yoshii, vielleicht würden die Kunden wieder Schlange stehen, wenn ich meine eigenen Dorayaki einführe. Das würde das Doraharu retten, und ich hätte das Gefühl, für mich ein Zeichen zu setzen. Und eine weitere Bitte habe ich. Könnten Sie mir noch etwas über Süßspeisen im Allgemeinen beibringen? Ich ahne, dass da noch etwas zu entdecken ist. Zeigen Sie mir diese Dinge bei meinem nächsten Besuch im HIMMELSGARTEN?

Außerdem werden wir uns dann mit Wakana wegen des Kanarienvogels beraten. Allerdings hat sie in der Schule viel zu tun. Im Augenblick kann ich nicht genau sagen, wann wir zusammen in den HIMMELS-GARTEN kommen können, aber ich will Sie auf alle Fälle bei nächster Gelegenheit auch einmal allein besuchen. Dann können wir alles besprechen.

Ich wünsche Ihnen gute Besserung. Entschuldigen Sie, dass ich so viel von mir geschrieben habe.

Jetzt habe ich mir allerlei von der Seele geredet. Bitte passen Sie gut auf sich auf, und schonen Sie sich.

Sentaro Tsuji

21

Das neue Jahr hatte begonnen.

Es war schon den dritten Tag bedeckt, und es fiel ein kalter Schneeregen.

Sentaro machte den Imbiss über die Feiertage nicht zu. Ergeben trank er für sich allein den gewürzten Neujahrssake und kochte seine roten Bohnen, während es draußen noch stockdunkel war. In aller Frühe zog er den Rollladen hoch. Er erhoffte sich ein gutes Neujahrsgeschäft, denn die Leute aus der Nachbarschaft pilgerten in Scharen zum Schrein gegenüber vom Bahnhof.

Dennoch gelang es ihm nicht, den Umsatz entscheidend zu steigern. Die Witwe kam, um zu Neujahr noch einen raschen Blick in die Bücher zu werfen, seufzte absichtlich laut und murmelte wieder, dass sie etwas anderes verkaufen wolle. Ihr Gerede von einem Okonomiyaki-Imbiss war vielleicht nur einem spontanen Einfall entsprungen, der sich aber durch die unablässige Wiederholung in ihr festgesetzt haben musste. Sie fragte Sentaro, ob er auch in dem Fall für sie weiterarbeiten würde.

Er lehnte nicht rundheraus ab.

»Lassen Sie es uns noch eine Weile mit den Dorayaki versuchen«, sagte er. »Immerhin hat Ihr Mann damit angefangen. Außerdem habe ich doch noch die Schulden bei Ihnen.«

Die Witwe nickte halbherzig und verzog die Lippen.

»Solange wir das Geschäft weiterführen können, ist mir egal, womit. Ich muss nur davon leben können.«

Das war natürlich auch ein Standpunkt, dachte Sentaro, obwohl er ihr nicht beipflichten konnte.

Er hing an seiner Bohnenpaste, auch wenn das Geschäft schlecht ging. Einfach irgendetwas, egal was, zu verkaufen, ging ihm gegen den Strich.

Und noch etwas spielte eine Rolle. Für Sentaro eine sehr bedeutsame Rolle.

Tokues besondere Kunst, rote Bohnen zu verarbeiten, würde von der Welt verschwinden, wenn er sie nicht weiterführte. Und war diese Kunst nicht ihr Vermächtnis? Ein Zeugnis dafür, dass Tokue Yoshii gelebt hatte?

An einem Tag Mitte Januar, an dem er wieder mit der Witwe über die Zukunft des *Doraharu* gestritten hatte, bekam er eine Wintergrußkarte von Tokue. Der Witwe schien es nun wirklich ernst damit zu sein, keine Dorayaki mehr zu verkaufen. Und wieder hatte Sentaro darauf bestanden, noch eine Weile durchzuhalten, ohne jedoch überzeugende Gründe anführen zu können.

Natürlich war Sentaro innerlich gereizt. Bei dem Gedanken an die Kunden, die einfach ausblieben, hätte er am liebsten laut geflucht.

Doch als er die eigenwilligen Zeichen auf der Karte in seiner Hand erkannte, fasste er wieder ein wenig Mut. Tokue schrieb, dass sie wegen ihrer schlechten Gesundheit den Jahreswechsel verschlafen habe. Sie entschuldigte sich, dass sie deshalb keine Neujahrsgrüße habe schicken können. Aber endlich gehe es ihr besser. »Könnten Sie nicht, wenn es Ihnen einmal passt, wieder in den HIMMELSGARTEN kommen? Dann würde ich mit Frau Moriyama die Konditorei wieder aktivieren.«

»Ich komme«, antwortete Sentaro, allein in seiner Küche. »Wir haben sowieso keine Kundschaft.«

Im HIMMELSGARTEN herrschte die gleiche Stille wie beim letzten Mal. Sentaro empfand sie diesmal sogar noch tiefer, was vielleicht daran lag, dass die Bäume kahl waren. Das Wetter war schön und der Himmel blau, aber es fegte ein eisiger Wind durch den Park.

Sentaro schlug den gleichen Weg ein wie beim letzten Mal und steuerte auf den Laden zu, der ihr Treffpunkt war. Ohne jemandem zu begegnen, ging er stumm den verlassenen Weg entlang. Im Vorraum des Ladens blieb er stehen. Sein Blick fiel auf Tokue, neben der Frau Moriyama saß, die ihnen damals die Tuiles gebracht hatte.

»Guten Tag, ganz schön lange her, seit ich das letzte Mal hier war«, sagte er, bemüht, seine Bestürzung zu verbergen, als er auf die beiden zuging.

Obwohl ihre letzte Begegnung nur einen Monat zurücklag, hatte Tokue sich so verändert, als wären mehrere Jahre vergangen. Sie lächelte zwar, aber ihre Augen lagen tief in den Höhlen, und ihre Wangen waren stark eingefallen.

»Ihre Erkältung muss wirklich schlimm gewesen sein, Frau Yoshii.«

»Ja, war sie. Ich konnte kaum etwas essen.«

Tokue kratzte sich mit ihren Krallenfingern den weißen Kopf, von dem die spärlichen Haare abstanden wie der Bast einer chinesischen Hanfpalme.

»Eine Zeit lang war sie furchtbar schwach. Ich hatte schon daran gedacht, Sie zu benachrichtigen.«

Frau Moriyama imitierte mit dem, was die Lepra von ihrem Gesicht übrig gelassen hatte, Tokues erbärmliches Aussehen. Ihre Grimasse erinnerte lebhaft an ein Bild von Munch.

»Hör auf damit. Ich bin ja wieder gesund.«

»Entschuldige, aber ich hatte mich schon gefragt, ob du deinem Mann ins Jenseits folgen willst.«

»Noch nicht, noch nicht. Vorher muss ich unserem Chef noch beibringen, wie man bei uns rote Bohnen kocht.«

Obwohl Tokue so abgemagert war, lag eine ungewöhnliche Heiterkeit in ihren Worten.

»Geht es Ihnen auch wirklich wieder gut?«

Sentaro musterte sie scharf, aber Tokue wedelte abwehrend mit der Hand.

»Alles wieder bestens. Aber zu Neujahr lag ich richtig auf der Nase.«

»Es tut mir leid, dass ich gar nicht mitbekommen habe, wie schlecht es Ihnen ging.«

»Kein Problem. Ich bin sehr froh, dass Sie jetzt kommen konnten.«

Frau Moriyama verließ den Tisch noch einmal, um etwas für Sentaro und Tokue zu holen, und kam mit einem Tablett in beiden Händen wieder.

»Hier, bitte.«

Auf dem Tablett standen drei Schalen, von denen zarter Dampf aufstieg.

»Ich habe sie auf dem Herd hinten aufgewärmt.«

»Ach, das ist ja ...«

»Wir holen Neujahr nach«, sagte Tokue und legte die Hände zusammen.

»Zenzai – süße Suppe aus roten Bohnen. Die Neujahrsspezialität des Hauses.«

Die kleinen roten Perlen in den Schalen schmiegten sich schimmernd aneinander. Mit dem Dampf breitete sich ihr voller süßer Geruch bis zu den umliegenden Plätzen aus.

»Oh, wie das duftet! Was ist denn das?«, ließen sich Leute von anderen Tischen vernehmen.

»Bitte, Herr Chef. Probieren Sie mal.« Frau Moriyama stellte Sentaro eine der Schalen hin.

»Essen Sie, solange es heiß ist, Chef. Auch wenn Sie nicht gerade eine Naschkatze sind«, drängte Tokue ebenfalls.

Wenn er ehrlich war, hatte Sentaro bisher noch nie eine ganze Schale Zenzai aufgegessen. Doch schon beim ersten Löffel heiterte sich seine Miene wie von selbst auf.

»Köstlich!«, entfuhr es ihm unwillkürlich.

Die Süße löste seine Anspannung, und ein Gefühl der Zufriedenheit breitete sich auf seinen Zügen aus.

»Tokue, los, jetzt das andere.«

»Ach ja. Probieren Sie auch mal das, Chef.«

Tokue sah ihn an und holte eine kleine Plastiktüte aus ihrer Handtasche, deren Inhalt sie auf einen kleinen Teller legte.

»Sehr schmackhaft. Tokues selbstgemachter Shiokombu.«

»Gesalzener Seetang?«

»Ja, sie kocht ihn in Sojasoße, Sake und so weiter. Ohnegleichen«, lobte Frau Moriyama und nahm ein Stück. »Passt wunderbar.« Sie nickte nachdrücklich, um ihre Worte zu bekräftigen.

Auch Sentaro griff nach dem in mundgerechte Streifen geschnittenen Kombu. Die weiche, elastische Konsistenz schmeichelte seinem Gaumen, und ein zarter Duft nach Pflaume wehte ihm sanft in die Nase.

»Aber ... das ist doch Pflaume.«

»Ja, genau, das kommt, weil ich auch Pflaumen und Shisoblätter verwende.«

»Ach?« Voller Bewunderung aß Sentaro wieder von der Suppe. »Wahnsinn ...«

Er starrte die beiden an.

»Wie machen Sie das nur?« Natürlich wusste er, dass sich diese Frage nicht mit einem Wort beantworten ließ, wollte aber seinen Gefühlen irgendwie Ausdruck verleihen.

Tokue lachte. »Das ist gar nicht so schwer. Wir spendieren beides immer zu Neujahr, das hat Tradition bei uns.«

»Ja, und weil Tokue dieses Jahr flachlag, habe ich die Suppe gekocht. Aber dadurch, dass Sie heute gekommen sind, Herr Chef, ist Tokue endlich aufgestanden.«

»Ich bedanke mich.« Plötzlich merkte Sentaro, dass seine Schale leer war.

»So ein Zenzai habe ich wirklich noch nie gegessen.«

»Das freut mich. Tokue, es hat ihm geschmeckt!«

»Es war auch gar nicht so süß wie oft, ganz mild ... Und der salzige Geschmack vom Kombu ist wie eine Blüte darin aufgegangen.«

»Auch in die süße Suppe kommt eine Prise Salz. Nur ganz wenig, weil wir ja Kombu dazu essen. So, dass man es kaum merkt.«

An dieser Stelle nahm Tokue endlich selbst einen Bissen. Sie richtete den Blick in die Ferne, dann verschönte ein Lächeln ihre eingefallenen Wangen.

»Genau richtig gewürzt.«

Sentaro und Frau Moriyama nickten nachdrücklich.

»Chef?«

»Ja?«

Tokue stellte die Schale ab und sah Sentaro gerade ins Gesicht.

»In meinem An ist Salz, wenn auch nur ganz wenig.«

»Ja, ich weiß.«

»Im Gegensatz zu dieser Bohnenpaste, die Sie früher verwendet haben, Sie wissen schon ...«

»Die aus China.«

»Die war zu klebrig und auch übermäßig süß, nicht wahr?«

Ja, so war es gewesen.

Das war zwar Geschmackssache, aber von der salzlosen Paste hatte Sentaro nie mehr als ein paar Bissen herunterbekommen. War die Paste jedoch leicht gesalzen, mundete sie ihm eher.

»Männer, die wie Sie, Chef, gern Alkohol trinken, ziehen ein leicht gesalzenes An vor, glaube ich.«

»Aha, deshalb ist das bei mir so.«

»Sie sind ja kein Freund von Süßigkeiten, Chef, aber meine roten Bohnen mögen Sie, weil sie ein wenig Salz enthalten.«

»Nein, Frau Yoshii, das liegt an Ihrer außergewöhnlichen Zubereitung.«

»Aber das ohne Salz konnten Sie kaum essen.«

»Mag sein.«

»Bei uns hier ist es genauso.« Frau Moriyama schaute in die Runde.

»Wenn man es Männern serviert, ist es besser, etwas mehr Salz hinzuzufügen«, ergänzte Tokue. »Was meinen Sie, Chef? Was schmeckt salziger? Die roten Bohnen, die ich immer mache, oder dieses Zenzai?«

Sentaro zuckte die Achseln und wusste einen Moment lang nicht, wie er die Frage beantworten sollte, aber nach einigem Nachdenken fiel sein Blick auf den Teller mit dem gesalzenen Kombu.

»Das Zenzai. Weil man Shiokombu dazu isst.«

»Ja, genau. Allerdings isst man beides getrennt.«

»Man könnte sogar etwas dazu trinken.«

»Ich mag mich irren, aber An mit einer größeren Menge Salz würde Ihnen vielleicht mehr liegen?«

»Stimmt.«

»Aber wenn Sie An kochen, nehmen Sie nur sehr wenig Salz, Chef, oder?«

»Ja, wenn man nämlich zu viel nimmt, kann man alles verderben.«

»Und was ist mit dem Zenzai heute? Mit dem Kombu ist es doch auch ziemlich salzig.«

»Äh, Frau Yoshii – was wollen Sie mir eigentlich sagen?«

Tokues Gesicht war zwar ausgezehrt, aber ihre tief in den Höhlen liegenden Augen lachten. Frau Moriyama beobachtete sie schweigend.

»Bei der Zubereitung von An verwenden wir eine kleine Menge Salz. Beim Zenzai ist es mehr, weil wir es mit dem gesalzenen Kombu kombinieren. Wenn wir also den Einsatz von Salz bei den Dorayaki überdenken und daran etwas ändern würden? Ich denke dabei an eine neue Zubereitungsart für Menschen, die gern Alkohol trinken. Wie Sie, Chef.«

Frau Moriyama klatschte in die Hände.

»Ja, das bietet sich doch an. Es gibt salzige Manju und auch salzige Daifuku. Man muss nur mal umdenken.«

»Ah – das ist es! Sie sprechen von salzigen Dorayaki?«

»Manchmal hilft es, die Dinge nach seinem eigenen Geschmack zu bewegen.«

»Ha!« Frau Moriyama schlug begeistert auf den Tisch. »So war es schon immer. Tokue hatte die besten Ideen. Sie ist unsere Erfinderin.«

»Ich wälze nur sinnloses Zeug in meinem leeren Kopf herum.«

Frau Moriyama beugte sich vor.

»Tokue hat recht, Herr Chef. Probieren Sie doch mal, salzige Dorayaki zu machen.«

»Salzige Dorayaki?«

»Die würden sich bestimmt auch gut verkaufen«, erklärte Frau Moriyama. Und Tokue nickte.

Sentaro verbeugte sich vor den beiden.

»Haben Sie vielen Dank für das Zenzai. Und für die gute Idee. Es ist immer das Gleiche – ich weiß nicht, wie ich Ihnen danken soll.«

»Keine Ursache. Das war doch nur ein Gedanke im Gespräch. Viel wichtiger ist ...«

Tokue sah kurz Frau Moriyama an und wandte ihre tief in den Höhlen liegenden Augen wieder Sentaro zu, worauf ihre Freundin die Schalen auf das Tablett stellte und aufstand. »Ich gehe abwaschen«, sagte sie.

Tokue senkte die Stimme. »Eigentlich wollte ich Sie nicht ermahnen, aber ... Ich war Ihnen dankbar, Chef, dass Sie mir Ihre Geschichte erzählt haben.«

»Ja.« Sentaro wusste, was sie ihm sagen wollte, und neigte stumm den Kopf.

»Das mit Ihrer Mutter war schlimm.«

»Ja.«

»Aber Ihr Herr Vater lebt noch?«

Sentaro nickte stumm.

»Nun, es wäre gut, wenn Sie ihn besuchen würden.«

»Eigentlich wäre das sinnlos.«

»Wirklich?«

»Ich habe doch alles selbst in den Sand gesetzt. Besonders mit meinem Verhalten gegenüber meiner Mutter. Ich habe Dinge getan, die man nicht wieder gutmachen kann.«

»Aber Sie haben doch Ihre Strafe abgesessen.«

»Ja.«

»Also machen Sie es jetzt besser.«

Sentaro starrte auf den Tisch, ohne Tokue anzusehen. Auf den kleinen Teller mit dem gesalzenen Tang.

»Ich überlege auch die ganze Zeit, wie ich von vorne anfangen könnte. Der Boss hat mir geholfen, indem er mir die Stelle im *Doraharu* gegeben hat. Dennoch habe ich dauernd nur ans Aufhören gedacht.«

»Sie sind eben ein Mensch, der mit Süßem nicht viel anfangen kann, nicht wahr?«

»Ja. Aber ...«

An dieser Stelle holte Sentaro tief Luft.

»Aber jetzt will ich den Imbiss fortführen. Auf meine Weise.«

»Sehr gut. Ich habe das Gefühl, es wird schon bald ein Dorayaki à la Chef geben.«

»Vielleicht.«

»Es ist wirklich so: Über die Zubereitung von roten

Bohnen kann ich Ihnen nichts mehr beibringen. Von nun an können Sie tun, was Sie wollen. Trauen Sie sich etwas zu.« Tokue wischte sich die feuchten Augen. »Sie schaffen das bestimmt!«

22

Salzige Dorayaki.

Das war leicht gesagt, aber ein Produkt zu verändern war gar nicht so einfach.

Sentaro bestellte zunächst namhafte Meersalze von südlichen Inseln, die im Mondschein gewonnen wurden und für ihre hervorragende Qualität und ihren frischen Geschmack berühmt waren. Aber ob eine neue Delikatesse daraus würde, wenn er es für die Dorayaki benutzte, wusste er nicht.

Anfangs erhöhte Sentaro einfach die Menge des Salzes, die er in die roten Bohnen mischte. Bei einem Endprodukt von vier Kilo hatte er bisher eine Prise Salz hinzugefügt, die sich auf höchstens ein Gramm belief. Diese Menge steigerte er auf zwei und dann drei Gramm.

Dabei geschah etwas Sonderbares.

Sentaro empfand das Salz in der üblichen Süße der Bohnen wie die Blüten von Wasserpflanzen in einer klaren Strömung. Es wurde nicht von der Süße unterdrückt und verlieh ihr stattdessen etwas Erfrischendes. Dieser Effekt trat allerdings nur bei einer minutiösen Menge

Salz ein. Gab er zu viel hinein, also mehr als drei Gramm auf vier Kilo, war die Bohnenpaste plötzlich verdorben. Und nicht mehr für Dorayaki zu gebrauchen. Ebenso wie eine versalzene Suppe nicht genießbar ist, konnte er es so überwürzt niemandem mehr anbieten.

Also waren die Bohnen nicht geeignet, dem Gebäck insgesamt eine salzige Note zu geben. Er durfte, während sie einkochten, nur diese winzige Menge hineinrühren. Das war das Maximum und die einzige Möglichkeit.

Aber wie sollte er weiter vorgehen? Es lag nahe, statt der Füllung die Umhüllung zu salzen. Sentaro beschloss, versuchsweise etwas Salz in den Pfannkuchenteig zu rühren.

Bisher hatte er die Grundzutaten immer gedrittelt, also aufgeschlagene Eier, Zucker und Kuchenmehl zu gleichen Teilen verknetet. Dazu kamen Backpulver, Honig, Mirin und eine Prise pulverisierter grüner Tee für das Aroma. Jetzt wollte er noch etwas Salz zugeben.

Er verteilte den Teig auf kleine Schüsseln, variierte die Menge Salz in jeder und buk Pfannkuchen mit unterschiedlichem Salzgehalt aus. In diesem Moment tauchte zufällig die Witwe auf, die gerade vom Arzt kam. Nachdem sie die Einnahmen der letzten Tage überprüft hatte, schnalzte sie ärgerlich mit der Zunge. »Grauenhaft«, sagte sie.

»Ich probiere gerade etwas Neues aus«, erwiderte Sentaro.

Aus Sorge um ihren Zuckerspiegel aß die Witwe in der Regel keine Dorayaki mehr. Aber nun war sie doch neugierig und kostete seit langer Zeit wieder einmal davon.

»Was soll das? Das ist ja salzig«, protestierte sie prompt.

»Das kommt, weil es eben Salz-Dorayaki sind.«

»Da kriegt man doch Durst.«

»Ich habe auch welche mit weniger Salz.«

»Das schmeckt ja grässlich.«

Grässlich?

Sentaro stutzte etwas bei diesem Wort und kostete selbst. Er kaute langsam und bedächtig.

»Wirklich? Schmeckt es nicht eher außergewöhnlich?«

Das war Sentaros ehrliche Empfindung. Er hatte das Gefühl, etwas Neues probiert zu haben. Der Pfannkuchen, von dem man Süße und Weichheit erwartete, schmeckte wegen seiner salzigen Frische interessant. Aber nach zwei oder drei Bissen begriff Sentaro, was die Witwe meinte. Anders als beim ersten Hineinbeißen blieb ein aufdringlicher salziger Nachgeschmack zurück. Zugleich hatte der Pfannkuchen seine üppige und weiche Beschaffenheit verloren. Er hatte die Schäbigkeit des allzu Offenkundigen.

»Ich verstehe.« Sentaro sah die Witwe direkt an. »Wahrscheinlich haben Sie keine Lust mehr, das nächste zu probieren?«

»Na ja, aber vielleicht erregst du Aufsehen damit. Du kannst ja mal versuchen, sie zu verkaufen«, sagte die Witwe gleichgültig.

Mit anderen Worten: Das Schicksal des *Doraharu* stand unverändert auf dem Spiel. Wenn ihm nicht bald etwas Neues einfiel, war es aus damit.

»Ich habe dir immer wieder gesagt, wir können so

nicht weitermachen. Es wäre vernünftiger, mit den Dorayaki aufzuhören«, fügte die Witwe wie üblich hinzu.

Sie deutete in Richtung der Glastür. »Wenn der Kirschbaum blüht, möchte ich einen Neuanfang machen«, erklärte sie. »Was meinst du, Sentaro? Würde ein Okonomiyaki-Imbiss nicht ein bisschen frischen Wind bringen? Oder vielleicht Hähnchenspieße? Würde es dir nicht gefallen, Alkohol auszuschenken?«

»Nein, wie gesagt, ich finde, wir sollten nicht mit den Dorayaki aufhören.«

»Aber es kommen doch mittlerweile praktisch keine Kunden mehr.«

Wegen dieser Frau Yoshii, sollte das heißen. Sentaro holte Luft.

»Haben Sie doch noch ein bisschen Geduld.«

»Ich habe genug Geduld gehabt.«

»Wenn Sie genug Geld haben, den Imbiss umzubauen, könnten Sie es doch noch mal mit den Dorayaki riskieren.«

»Du bist wirklich ein seltsamer Mensch, Sentaro. Früher hattest du nie etwas übrig für Dorayaki. Dein einziges Ziel war es, deine Schulden abzuarbeiten. Das weiß ich noch. Warum bist du auf einmal so stur? Wenn wir Okonomiyaki verkaufen würden, könnten wir Alkohol ausschenken. Das müsste doch auch für dich gut sein. Warum versteifst du dich plötzlich so auf die Dorayaki?«

»Na ja ... eben so.«

»Und wenn ich umbaue, dann muss es bald sein.«

»Warum denn?«

»Weil mir die Ersparnisse ausgehen, darum. Wenn ich den richtigen Zeitpunkt verpasse, muss ich den Laden vielleicht aufgeben. Verstehst du? Das wäre Verrat an meinem Mann. Wenn ich mein Kapital nicht bewege, bricht alles zusammen. Was soll ich denn machen, Sentaro?«

Die Witwe fuhr fort.

»Und zu allem Überfluss auch noch das! Salzige Dorayaki!«

»Äh, nein ...«

Die Witwe aß noch etwas von dem angebissenen Dorayaki.

»Kalt schmeckt es ja noch versalzener. Hier, probier mal.« Sie riss ihm ein Stück ab.

Sentaro steckte es sich in den Mund und kaute. Sie hatte recht, wenn der Pfannkuchen warm war, hatte er eine ganz andere Qualität. Das Salz war jetzt übermäßig stark herauszuschmecken.

»Ich bin dir ja dankbar, dass du dich um etwas Neues bemühst. Aber Fakt ist Fakt. Jetzt haben wir Ende Januar. Hör zu, wir machen es folgendermaßen ...«

»Ja?«

»Ich lasse dir bis Februar Zeit. Wenn du bis dahin den Umsatz auf das frühere Niveau steigern kannst, bleiben wir bei Dorayaki. Wenn nicht, hören wir auf. Ich glaube, so eine Bratstube, wie es sie in Osaka gibt, wäre nicht schlecht. Wir könnten zwei Gerichte anbieten – Okonomiyaki und Takoyaki, Oktopus-Bällchen. An der Theke könnte man was trinken. In dem Fall würde ich dir den Rest deiner Schulden erlassen. Du hast ja auch schon eine ganze Menge zurückbezahlt. Mir würde es genügen, wenn du noch bis Februar zahlst.«

»Bitte?«

»Ja, ich habe doch schon fast alles von dir bekommen. Der Rest ist geschenkt. Lass uns frisch ans Werk gehen, Sentaro. Mit der neuen Jahreszeit ein neues Leben beginnen.«

»Ja«, erwiderte Sentaro ziemlich verspätet.

»Nächsten Monat setzen wir einen Schlusspunkt unter die Vergangenheit. Einverstanden?«

»Ja, zumindest verstanden.«

Die Witwe legte den Rest des salzigen Dorayaki auf den Teller und schob ihn schwungvoll beiseite.

23

An Tokue Yoshii

Wie geht es Ihnen? Es ist nach wie vor sehr kalt,
und ich hoffe, Sie haben sich nicht noch einmal
erkältet.

Ich arbeite weiter an einer Veränderung, und Ihre
Idee mit den gesalzenen Dorayaki habe ich sofort
ausprobiert.

Anfangs habe ich versucht, mehr Salz in die Bohnen
zu geben, was sich aber als Irrtum herausstellte.
Inzwischen weiß ich, dass die Menge Salz, die Sie
verwenden, die beste ist. Eindeutig. Also habe ich
letzten Endes die Füllung nicht verändert.

Danach habe ich überlegt, welche Möglichkeiten es
sonst noch gibt, und bin darauf gekommen, einfach
den Pfannkuchenteig zu salzen. Das Ergebnis war
zumindest interessant. Wenn man in so ein Dorayaki hineinbeißt, solange es noch warm ist, entsteht
eine Art Überraschungseffekt, der Eindruck, so etwas
noch nie gegessen zu haben. Aber mit der Zeit wird
der Salzgeschmack zu aufdringlich. Das Salz sollte

dem Teig bloß eine feine pikante Note geben, doch
man schmeckt es zu stark heraus. Um das zu ver-
meiden, bietet es sich natürlich an, die Salzmenge
zu verringern, aber dann geht wieder der Über-
raschungseffekt beim ersten Bissen verloren.
Das heißt, die Idee, den Pfannkuchen zu salzen,
erwies sich ebenfalls als problematisch. Ob Salz im
An oder in den Pfannkuchen, offenbar gibt es keine
Methode, den Geschmack zu einem Ganzen ver-
schmelzen zu lassen. Die Wirkung des gesalzenen
Kombu, den ich bei Ihnen zu dem süßen Zenzai
gegessen habe, rührt, glaube ich, daher, dass er
einen Akzent setzt. Würde man zum Beispiel das
Zenzai selbst salzen, würde es sich wehren.
Ich weiß es nicht. Pfannkuchen und An ergänzen
sich jedenfalls nicht wie Zenzai und gesalzener
Kombu. Ich muss erst mal in Ruhe über die ganze
Sache mit dem Imbiss nachdenken, indem ich tue,
was Sie mir beigebracht haben, nämlich »zuhören«.
Und die Hoffnung nicht aufgeben.
Auch wenn der Verkauf so schleppend ist, dass es
genügt, wenn ich alle vier Tage einmal rote Bohnen
koche. Fast kommt es mir vor, als hätte ich mir
diesen Ansturm vor einem halben Jahr nur einge-
bildet.
Auf jeden Fall spitze ich jetzt stets die Ohren und
versuche zuzuhören. Allerdings habe ich bisher noch
keinen Ton vernommen. Wenn es wieder wärmer ist,
möchte ich Sie im HIMMELSGARTEN besuchen.

Dann kann auch Wakana mitkommen. Und wir
überlegen, ob wir den Kanarienvogel freilassen.
Entschuldigen Sie, dass ich mich so viel beklage.
Aber wenn ich schwärmen würde, wie gut alles ist,
würden Sie es ja doch merken, dass etwas nicht
stimmt, also erlaube ich mir zu schreiben, wie es ist.
Aber ich gebe nicht auf und hoffe, dass der Gott
der Süßspeisen irgendwann auch mir etwas ins Ohr
flüstert.
Ihr Sentaro Tsuji
Doraharu

An Sentaro Tsuji
Um gleich zur Sache zu kommen: Anscheinend
habe ich Sie mit meinem unbesonnenen Gerede
beeinflusst. Das tut mir leid.
Das Salzen ist eine ganz schwierige und heikle
Angelegenheit. Weniger bei pikanten Gerichten als
bei der Verwendung von Salz in Süßspeisen, die
höchste Behutsamkeit erfordert. Es darf auf keinen
Fall herausschmecken. Das ist die eiserne Regel.
Weniger ist hier immer mehr. Das heißt, man kann
das Salz nicht über eine gewisse Menge hinaus
verwenden. Wenn man damit arbeitet, dann nur,
wie Sie feststellen konnten, um einen Akzent
zu setzen. Die Beziehung zwischen süßer Zenzai-
Suppe und salzigem Kombu besteht genau darin.
Aber haben Sie etwas bemerkt, Chef? Da liegt
nämlich der Hase im Pfeffer begraben. Zenzai und

Kombu hatten im Grunde nichts miteinander
zu tun. Dann hat jemand sie zu einem Gericht
zusammengebracht, das Menschen, die Süßes
mögen, und solchen, die Herzhaftes bevorzugen,
gleichermaßen mundet.

Dorayaki sind an sich schon eine vollkommene
japanische Süßspeise, jedoch ließe sich bestimmt
eine neue schmackhafte Kombination erfinden.

Ich werde darüber nachdenken. Nicht immer, wenn
man die Ohren spitzt, hört man auch etwas.

Aber geben Sie nicht auf, versuchen Sie es weiter.
Ganz gleich, wovon wir träumen, irgendwann
finden wir das Erträumte. Ich bin überzeugt, dass
es zu uns spricht und wir seine Stimme hören.

Im Leben eines Menschen gibt es nie nur eine Farbe.
Die Schattierungen können sich jederzeit ändern.
Eigentlich ist das ganze Leben ein andauerndes
Farbenspiel. Ich weiß das, weil ich bereits am Ende
dieses Spiels angelangt bin.

Ich musste mit der Hansen-Krankheit leben, aber
wenn ich meine Anfangszeit hier im Sanatorium,
die nächsten zehn, die folgenden zwanzig und drei-
ßig Jahre und jetzt die Zeit am Ende miteinander
vergleiche, erkenne ich, dass die Farbe jedes einzelnen Tages eine andere war.

Natürlich könnte ich sagen, dass ich ein schweres
Leben hatte.

Doch in all den Jahren, die ich hier verbracht habe,
habe ich eines gelernt: Ganz gleich, wie viel wir

verlieren – selbst, wenn es alles ist – und wie schlecht
wir behandelt werden, wir bleiben Menschen. Auch
wer seine Gliedmaßen verlor, blieb am Leben, denn
unsere Krankheit ist nicht tödlich. Unser Kampf
fand in tiefster Dunkelheit statt, und wir hatten keine
Aussicht, ihn zu gewinnen. Unser einziger Stolz,
das Einzige, woran wir uns klammerten, war unser
Menschsein.

So bin ich wohl auf das »Zuhören« gekommen. Diese
besondere Fähigkeit ist uns Menschen zu eigen, und
wir sollten gelegentlich darauf zurückgreifen.

Im HIMMELSGARTEN begegnen wir Vögeln, Insekten, Bäumen, Gräsern und Blumen, dem Wind,
dem Regen, dem Licht. Und dem Mond. Ich glaube
fest daran, dass sie alle eine Sprache besitzen. Allein
ihren Stimmen zu lauschen füllt einen ganzen
Tag. Der Wald des HIMMELSGARTEN ist wie die
Welt, und wer nachts dem Flüstern der Sterne
lauscht, vernimmt den Fluss der Ewigkeit.

Lieber Chef, es ist sehr ärgerlich, dass Ihnen die
Kunden weiter ausbleiben. Sie sind zu nett, um es
auszusprechen, aber das ist natürlich noch immer
die Nachwirkung meiner Anwesenheit. Das Gesetz
zur Prävention von Lepra ist zwar abgeschafft,
aber die Gesellschaft scheint sich nicht verändert
zu haben. Dennoch geben Sie es bitte nicht auf,
zuzuhören. Lauschen Sie den Stimmen, die die
meisten Menschen nicht zu hören vermögen. Und

backen Sie Dorayaki. Allein das wird Ihnen, Chef,
und auch dem Doraharu *eine Zukunft eröffnen.*
Ich glaube fest daran, dass Sie diese schwere Hürde
meistern werden. Verzeihen Sie mir, aber mehr
habe ich nicht zu sagen.
Besuchen Sie mich unbedingt, wenn es wärmer wird.
Ich freue mich schon sehr darauf, Wakana und Sie
wiederzusehen.
Alles Gute
Ihre
Tokue Yoshii

24

Ende Februar näherten sich die ersten Frühlingsboten.

Ein lauer Südwind streifte den Kirschbaum vor dem *Doraharu*, der bereits die ersten Knospen trieb. Wegen der steigenden Temperaturen hatten einige Leute ihre Mäntel ausgezogen und trugen sie über dem Arm. Sentaro schloss die Glastür, damit kein Staub in den Laden wehte, und rief durch einen Spalt: »Frische Dorayaki! Treten Sie näher!«

Der Umsatz erholte sich allmählich, und er dachte noch immer über die salzigen Dorayaki nach. Vielleicht machte der Wechsel der Jahreszeit die Herzen der Menschen empfänglich für Veränderungen, und auch Kunden, die sich von ihm losgesagt hatten, ließen sich einer nach dem anderen wieder blicken.

»Da bin ich wieder«, oder: »Jetzt will ich doch wieder mal ein Dorayaki essen«, murmelten sie mit etwas verlegener Miene. Sentaro reagierte stets mit einem freundlichen Lächeln.

Auch das Gesicht der Witwe heiterte sich auf, als sie wieder einmal die Bücher durchging.

»Wenn das so bleibt, schaffen wir es vielleicht«, sagte sie und rang sich sogar ein Lächeln ab.

Das Schönste an diesem langersehnten Frühling war, dass Sentaro aufatmen konnte. Obwohl die Gefahr noch nicht gebannt war, wie er sich selbst ermahnte.

Eines Abends, nachdem der Wind sich bei Sonnenuntergang gelegt hatte, erschien die Witwe mit einem jungen Mann im Schlepptau.

»Das ist Herr Tsuji, mein Geschäftsführer.« Sie wies mit dem Kinn auf Sentaro.

»Tanaka«, nuschelte der Mann, weiter an seinem Kaugummi kauend, und verbeugte sich pflichtgemäß.

»Hör mal, Sentaro, ich habe mir etwas überlegt. Es kommt etwas plötzlich, also entschuldige, aber er soll mit dir zusammenarbeiten.«

»Los!« Sie schubste Tanaka, der darauf einen Schritt vortrat. Er war ungefähr zweiundzwanzig oder dreiundzwanzig Jahre alt und trug modische Jeans, die ihm lässig um die Hüften schlackerten.

»Zusammen?«, fragte Sentaro verständnislos.

»Er ist mein Neffe. Er hat eine Kochschule absolviert und bisher in einem Restaurant gearbeitet. Dort ist er mit den Leuten nicht zurechtgekommen. Ja, die Welt der Köche hat es auch in sich, oder?«, sagte die Witwe Zustimmung heischend zu Sentaro, sodass ihm nichts anderes übrig blieb, als ihr beizupflichten.

»Also haben sie ihn gezwungen zu kündigen. Den Winter hat er verbummelt. Stimmt's?«

Tanaka lachte gekünstelt und sah schräg nach unten.

»Hör mir zu, Sentaro. Als die Inhaberin des *Doraharu* habe ich eine Entscheidung getroffen. Nächsten Monat bauen wir hier um. Ich möchte, dass wir beides verkaufen – Süßes und Herzhaftes. Dorayaki und Okonomiyaki.«

»Wir bauen um?«

»Ja, auch wenn es dadurch noch ein bisschen enger wird. Zum Glück kommt die Kundschaft ja allmählich zurück. Es sind ja auch viele Schulmädchen dabei. Die unterhalten sich bestimmt gern mit ihm hier.«

»Moment mal.« Sentaro versuchte den Redefluss der Witwe zu unterbrechen.

»Ich weiß. Ich weiß.« Sie wedelte hektisch mit der Hand und ließ ihn nicht zu Wort kommen. »Es kommt ziemlich plötzlich, ich entschuldige mich auch dafür. Aber ich hatte selbst nicht lange Zeit und musste eine Entscheidung treffen. Schon seit er ganz klein war, liegt mein Neffe mir sehr am Herzen, und weil er zufällig Koch gelernt hat, habe ich schon seit Längerem an ihn gedacht. Er ist wirklich kein schlechter Junge. Meine Bitte an dich wäre also, ihn anzulernen.«

»Aber ich ...« Sentaro konnte das Unbehagen, das in ihm aufstieg, nicht unterdrücken.

»Ich weiß, dass du das kannst, Sentaro. Denn du hast ja sogar den Umsatz, als er völlig im Keller war, wieder steigern können. Mein Mann hat immer an dich geglaubt und ich habe es jetzt endlich begriffen. Deshalb bleibt auch der Name. Das *Doraharu* wird immer das *Doraharu* sein. Ich möchte, dass du weiter Dorayaki für mich backst. Und den künftigen Geschäftsführer heranziehst. Darum bitte ich dich.«

Die Witwe gab ihrem Neffen einen Klaps auf den Hintern, worauf dieser sich mit einem einfältigen Lächeln verbeugte und »Ja, ich auch« murmelte.

»Von hier bis hier kommt die Backplatte für die Okonomiyaki hin. Und die Dorayaki werden da hinten gemacht ...«

Ohne Sentaro weiter zu beachten, begann die Witwe mit ihrem Neffen den Umbau zu besprechen. Aus irgendeinem Grund sollten die Dorayaki nicht mehr gegenüber der Glastür gebacken werden.

Sprachlos sah Sentaro den beiden zu.

25

Durch einen Spalt in der Gardine drang das Licht der Straßenbeleuchtung. In seinen Futon gewickelt, betrachtete Sentaro die geometrischen Muster, die es an die Decke warf.

Irgendwo miaute eine Katze.

Seit seiner Kündigung war fast ein Monat vergangen.

Obwohl draußen heller Frühling war, schloss Sentaro sich in seiner Wohnung ein, ernährte sich von Gerichten, die er im Convenience Store bestellte, und vertrödelte die Tage. Sah einfach zu, wie die Zeit verstrich.

So konnte es nicht weitergehen.

Natürlich wusste er das. Deshalb schaute er heute, während er seine Fertignudeln aß, die Stellenanzeigen durch.

Er hatte die Absicht, sich um jede einigermaßen passende Stelle zu bemühen, ganz gleich, was und wo es war. Er hatte sich sogar ein paar Bewerbungsmappen besorgt. Aber alles Blättern half nicht, er fand kein Angebot, das infrage gekommen wäre. Für die meisten Stellen war er zu alt. Die wenigen Unternehmen, die keine Altersbegrenzung angaben, verlangten stattdessen besondere Qualifikationen. Doch Sentaro hatte außer einem normalen Schulzeugnis nichts vorzuweisen. Rein gar nichts. Sämtliche Möglichkeiten waren ihm verschlossen.

»Was soll man da machen?«, murmelte er und ließ sich resigniert in den Haufen schmutziger Wäsche fallen, die sich bei ihm angesammelt hatte.

So wartete er auf den Abend, während er dem Miauen der Katze lauschte, die ihm offenbar etwas zu erzählen hatte. Zerstreut überlegte er, wie sie aussehen mochte.

Miaute sie, weil sie einsam war? Oder wollte sie sich paaren? Was hatte diese Katze da ständig zu miauen? War es ein Männchen oder ein Weibchen?

Sentaro stieß einen leichten Seufzer aus.

Tokues Brief kam ihm in den Sinn.

»Zuhören« sollte er.

Aber was gab es da überhaupt zu hören?

Natürlich konnte er die Laute der Katze ganz deutlich vernehmen, dennoch hatte er nicht die geringste Ahnung, worüber sie sich beklagte. Gar nicht zu reden vom Flüstern der Bohnen. Wie sollte er das verstehen?

Sentaro starrte auf die Schemen an der Wand.

Im Grunde war er ein Versager. Es war nicht zu leugnen. Vielleicht sollte er irgendwo in der Wohnung einen Strick aufhängen und allem ein Ende machen.

Auf der Suche nach einer geeigneten Stelle ließ er seinen Blick schweifen. Außer an der Gardinenstange gab es keine Möglichkeit, einen Strick zu befestigen. Der

Gedanke, gemeinsam mit der Gardine dort zu hängen, amüsierte ihn. Er lachte leise.

»Selbst schuld ...«, murmelte er.

Das hatte ihm auch die Witwe bei seiner Kündigung entgegengeschleudert, und er hatte ihr nicht widersprechen können.

»Mein Mann wollte dir, einem Ex-Sträfling, helfen. Was denkst du dir überhaupt? Soll ich etwa meinen Neffen im Stich lassen? Ich bin wie eine Mutter für ihn.«

An dem Tag, als er der Witwe das restliche Geld und die Kündigung ausgehändigt hatte, hatte sie ihn einen Verbrecher und undankbaren Schuft geschimpft.

Sentaro hatte keine Antwort gegeben, nur dagestanden.

Das meiste von dem, was sie gesagt hatte, traf zu. Das wusste er.

Was soll ich nur machen?, dachte er. Ich bin eine einzige Enttäuschung. Für meine Eltern und alle anderen.

Sentaro wusste nicht mehr, was ihn ursprünglich zu Fall gebracht hatte. Allerdings war ihm, als sei es keine abrupte Wendung gewesen, sondern etwas, das er von Kindheit an wie einen Keim in sich getragen hatte. Alle seine Versuche, ein anständiges Leben zu führen, waren gescheitert. Mehr als dieses zerrüttete Dasein hatte er nicht zustande gebracht. Letztendlich litt Sentaro darunter, dass er Sentaro war.

Dieser Umstand quälte ihn auch an diesem Abend. Er konnte sich drehen und wälzen, wie er wollte, er bekam keine Luft und keuchte wie ein verwundetes Tier. Wieder sann er über eine Methode nach, sich aufzuhängen.

Er hatte kein Seil. Aber vielleicht würde es auch eine Paketschnur oder ein Gürtel tun?

Sentaro blickte zum Schreibtisch, wo der Karton mit den Utensilien stand, die er anstelle einer Abfindung bekommen hatte. Sein vertrauter Sawari. Darin die Teigschüssel. In ihr Holzspatel und Kelle. Spachtel und Schneebesen. Seine Schürze.

Schweigend betrachtete er die gezackte Silhouette der aus dem Karton herausragenden Gegenstände.

Erinnerungen aus der Zeit im Imbiss tauchten vor ihm auf.

Die Gesichter der Kunden, die vor der Glastür Schlange standen.

Die Schulmädchen, die an der Theke herumalberten.

Der Kirschbaum, der sich von Jahreszeit zu Jahreszeit veränderte.

Tokue, die unter den Ästen des Baumes stand.

Dorayaki ...

Der Spatel und die Schüssel in seinen Händen.

Der Glanz der leise köchelnden Bohnen.

»Frische Dorayaki, frische Dorayaki!«, rief Sentaro, und eine Träne lief ihm übers Gesicht. Er biss sich auf die Lippen. Ballte die Faust, holte Luft und knirschte mit den Zähnen.

Sie werden es schaffen ... hatte Tokue in ihrem Brief geschrieben. Noch jemand, den er enttäuscht hatte. Noch eine Erwartung, die er nicht erfüllt hatte.

»Frische Dorayaki ...« Seine Stimme zitterte, dann konnte er die Tränen nicht zurückhalten.

Sentaro verbarg sein Gesicht im Kissen. Wieder fiel ihm der Kirschbaum vor dem Imbiss ein.

Seine schneeige Blütenpracht im Frühling.

Auch in diesem Jahr würden die Leute auf der Straße stehen bleiben, um ihn zu betrachten. Der Wind würde seine Blüten in den Laden wehen. Und die Schulmädchen würden sich über Blüten im Teig beschweren. Ob die Mädchen den Imbiss auch mit dem neuen Chef besuchen würden?

26

In dieser Nacht hatte Sentaro einen Traum.

Er stieg in einer ihm unbekannten Hügellandschaft einen Hang hinauf. Weit unter ihm strömte ruhig und glitzernd ein breiter grüner Fluss. Sentaro blieb stehen und schaute in die Tiefe.

Dort, wo die Strömungen sich kreuzten, war deutlich zu erkennen, in welche Richtung der Fluss floss. Mehrere weiße Linien, die sich vereinten und wieder trennten, bildeten ein helles Flechtwerk auf der Wasseroberfläche.

Was war das? Erst bei genauerem Hinsehen erkannte Sentaro, dass es Blütenblätter waren.

Er schaute der Strömung entgegen, denn er wollte den Flusslauf hinaufwandern. Der Hang vor ihm schien von einer wogenden weißen Wolke verdeckt. Gleich darauf begriff er, dass er bis hinunter zum Fluss mit blühenden Kirschbäumen überzogen war.

Immer schneller schritt Sentaro der blendenden Helligkeit entgegen den Hang hinauf. Vögel zwitscherten. Der Wind trug ihm einen Duft zu. Blüten tanzten weiß aufblitzend durch die Luft.

Sentaro rannte auf die blühenden Bäume zu, bis er ganz von ihnen umgeben war. Wie in eine schimmernde Schlucht tauchte er in sie ein und drehte sich, begeistert von jedem einzelnen Baum, immer wieder um die eigene Achse. Er lief zu einer Stelle, von der aus er auf den Fluss hinuntersehen konnte, und als er die glänzende Fläche erblickte, erhob sich eine duftende Brise und wirbelte noch mehr Blüten auf. Und Sentaro verspürte die Freude, die nur zu einer Jahreszeit empfunden werden kann – das Gefühl, inmitten blühender Bäume zu ruhen. Es war der reinste Genuss.

Alles war Licht – die grüne Wasserfläche, die Blütenpracht der Bäume und natürlich auch der Himmel.

Zwei Vögel flogen so dicht über den Fluss, dass sie seine Oberfläche zu streifen schienen.

Sentaro blieb stehen und fragte sich, wo er hier eigentlich war.

»Chef!«

Ihm war, als höre er eine Mädchenstimme, und er drehte sich um.

Inmitten der Kirschbäume stand ein Teehaus. Die Brise trug den Duft von gerösteten Gohei-mochi – mit An gefüllten Klebreisküchlein – zu ihm herüber, und er bekam Appetit.

»Chef!« Wieder die Mädchenstimme.

An ein paar Holztischen vor dem Teehaus saßen Ausflügler, die gekommen waren, um sich an der Kirschblüte zu erfreuen. Von dort schien auch die Stimme zu kommen.

Sentaro ging auf das Teehaus zu.

An einem etwas abseits stehenden Tisch saß ein junges Mädchen. Es stand auf und verbeugte sich höflich vor ihm.

Er wusste sofort, wer es war.

Das Mädchen lächelte und deutete auf den Kragen seiner schneeweißen Bluse. »Schau mal!«, sagte es. »Meine Mutter hat sie mir gemacht.«

Die Bluse strahlte nur so im Licht der Frühlingssonne. Einige verirrte Kirschblüten ließen sich darauf nieder.

»Wie schön!«, sagte Sentaro.

»Finde ich auch«, antwortete das Mädchen.

»War es hier?«

»Ja, hier. Meine wunderschöne Heimat.«

Sentaro gesellte sich zu dem Mädchen an den Tisch, auf dem ein Teller mit Gohei-mochi, ein kleiner Krug und eine Teeschale standen.

»Bitte«, sagte das Mädchen und deutete darauf.

In der Schale war jedoch kein Tee, sondern heißes Wasser, in dem Kirschblüten schwammen.

»Da sind Blüten drin, oder?«, fragte Sentaro, bevor er sie zum Mund führte.

»Wir nennen es Kirschblütenwasser«, erwiderte das Mädchen. »Es ist leicht salzig und duftet nach Blüten.«

»Aha, Kirschblütenwasser also.«

Sentaro hörte diesen Namen zum ersten Mal. »Kirschblütenwasser«, wiederholte er leise. Damit würden die Blüten ein Teil von ihm. Er würde die Blüten, die eigentlich durch die Luft tanzten, in sich aufnehmen.

Leicht salzig und mit Blütenduft ... Die Worte des Mädchens hatten sich ihm eingeprägt.

Die Kirschblüten um ihn wurden größer und größer. Sentaro blinzelte. Und als er nach der Teeschale griff, deutete das Mädchen auf den Krug.

»Die legen wir zu Hause ein. Mach mal auf.«

Sentaro hob den Deckel. Der Krug war voller rosafarbener Blüten, die ein süßes, volles Aroma verströmten.

»Ah ...« Er sog es ein.

»Es sind keine gewöhnlichen Yoshino-Kirschblüten, sondern die besonders prachtvollen Yaezakura. Sie werden in Salz eingelegt.«

»Sie sind wunderhübsch.« Es verdross Sentaro ein wenig, dass ihm nichts Besseres einfiel.

»Mit heißem Wasser übergossen werden sie zu Kirschblütenwasser.«

Während das Mädchen sprach, betrachtete Sentaro erneut die Blüten in seiner Schale, um sie mit den eingelegten in dem kleinen Krug zu vergleichen.

Ganz langsam entfalteten sie sich im heißen Wasser und trieben als unbeschädigte Blütenkelche an die Oberfläche.

Fasziniert beobachtete Sentaro den Vorgang. Schließlich führte er die Schale zum Mund, um das Bouquet einzuatmen und zu trinken.

Es schmeckte, als würden sich Knospen in seinem Mund öffnen. Zugleich breitete sich eine salzige Frische darin aus.

Leicht salzig und nach Blüten duftend ...

Wie das Mädchen gesagt hatte. Salz und Duft ergänzten einander zu einem vollkommenen Aroma.

Sacht stellte Sentaro die Schale ab und betrachtete wieder die eingelegten Kirschblüten im Krug.

Genau das war es, was er gesucht hatte.

»Die Blüten tragen das Salz in sich ... Ich könnte zum Beispiel eine oder zwei davon in den Teig geben ...«

Sentaro richtete sich auf.

Eben war das Mädchen noch da gewesen, doch nun war es verschwunden. Und mit ihm sein Lächeln und die weiße Bluse, auf der einige Blüten gelandet waren.

Sentaro erhob sich und schaute sich um. Die Tische, die Ausflügler, das Teehaus, alles verschwunden. Um ihn herum nichts als weiße Blütenpracht. Selbst der Tisch, den er gerade noch berührt hatte, die Küchlein, die Teeschalen und der Krug mit den eingelegten Kirschblüten waren fort.

In der blendenden Helligkeit der Blüten rief Sentaro immer wieder den Namen des Mädchens. Doch nichts regte sich in der von blühenden Bäumen bedeckten Landschaft. Jetzt erst merkte Sentaro, dass er sich an einen Ort außerhalb der Wirklichkeit verirrt hatte.

Er fühlte, wie er langsam in die Realität zurückgezogen wurde. Aber er wollte das Mädchen noch einmal sehen.

Ich muss dich finden und dir Fragen stellen, dachte er.

Nach dem Ort, an dem du geboren und aufgewachsen bist.

Du hast mir einmal erzählt, dass dort ein Fluss fließt, nicht wahr? Die Kirschblüte dort ist herrlich. Und ihr habt die Blüten eingelegt.

Hast du sie schon einmal zu etwas Süßem gegessen?

27

Die Kirschbäume jenseits der endlos langen Stechpalmenhecke standen in voller Blüte.

Wie Schneeflocken tanzten Blüten im Wind.

Sentaro und Wakana sprachen nicht viel, während sie die Straße entlanggingen. Sobald eine Pause eintrat, stellte Sentaro ihr eine unverfängliche Frage.

»Gibt es irgendwelche interessanten AGs in der Schule?«

»Kann sein, aber ich habe mich noch für nichts entschieden.«

Er hatte Wakana von sich aus angerufen, auch wenn er nicht sicher gewesen war, ob ein erwachsener Mann sich mit einem fünfzehnjährigen Mädchen verabreden durfte. Aber wegen Marvy mussten sie ja noch einmal gemeinsam zum HIMMELSGARTEN fahren.

Seit seinem Traum gingen Sentaro die salzig eingelegten Kirschblüten nicht mehr aus dem Sinn. Er hatte sogar im Internet recherchiert und erfahren, dass es sie wirklich gab. Das hatte ihn dermaßen beeindruckt, dass er einen Moment lang die Augen schloss. Den Gedanken, welche zu bestellen und sofort an einem neuen Dorayaki-Rezept zu arbeiten, gab er allerdings gleich wieder auf. Im Augenblick ließen das die Umstände nicht zu, denn er hatte ja keine Dorayaki mehr zum Experimentieren. Außerdem wollte er unbedingt die eingelegten Kirschblüten aus dem Dorf des Mädchens verwenden.

Sentaro hatte Tokue auf einer Postkarte angekündigt, dass Wakana und er zu Besuch kommen würden. Wann genau, hatte er nicht geschrieben, aber es war schwer vorstellbar, dass Tokue einmal nicht zu Hause war. Es würde schon klappen. Er hatte ja ihre Adresse, also konnten sie sie, wenn sie sie in dem kleinen Laden nicht antrafen, in ihrer Wohnung aufsuchen.

Der Himmel über dem Park war blau, und jenseits der Hecke bauschten sich Kirschbäume zu weißen Wolken. Zwischen ihnen schwankten flirrend die Zweige der Spitzeichen. Es war warm.

»Jetzt bist du schon in der zehnten Klasse, Wakana. Klar, ist ja auch Frühling.«

»Ja, Frühling.«

»Auch die Kirschbäume fühlen sich bestimmt jetzt am wohlsten.«

»Kann sein.«

Weil Wakana so wortkarg war, beschloss Sentaro, das Thema von sich aus anzuschneiden.

»Ich hätte es dir eigentlich früher sagen sollen, aber Frau Yoshii möchte den Kanarienvogel ...«

»Marvy?«

»Ja, Marvy. Sie möchte ihn freilassen. Sie sagt, sie weiß genau, dass er ins Freie will.«

»Ja.«

»Frau Yoshii war ja selbst lange eingesperrt und weiß bestimmt, wie ein Vogel im Käfig sich fühlt. Ich finde übrigens auch, dass es besser wäre, ihn freizulassen, damit er rumfliegen kann. Wenn er irgendwo Futter bekommt, kann er in dem Wäldchen im HIMMELSGARTEN sicher überleben.«

»Finde ich auch«, sagte Wakana prompt und mit völliger Selbstverständlichkeit.

»Du weißt, dass es das *Doraharu* nicht mehr gibt?«

»Ja, ich weiß.«

Wakana fiel ein bisschen zurück.

»Warum haben Sie denn aufgehört?«, fragte sie.

»Die Besitzerin meint, die Zeit für Dorayaki sei vorüber.«

Wakana holte ihn wieder ein.

»Ich gehe doch nicht weiter auf die Oberschule.«

»Warum das denn?«

»Ich besuche eine staatliche Abendschule.«

»Wirklich?«

»Ja. Tagsüber werde ich arbeiten«, erklärte Wakana entschlossen.

»Wirklich?«, wiederholte Sentaro, weil er nicht wusste, was er sonst sagen sollte. »Was immer du tust, es hängt letztendlich alles von dir selbst ab.«

»Das haben alle gesagt. Auch meine Klassenlehrerin. Aber niemand außer mir geht auf die Abendschule.«

»Aha. Aber was soll ich sonst sagen?«

»Wie war es denn bei Ihnen? Waren Sie auf einer normalen Schule? Haben Sie fleißig gelernt?«

»Ja, ich war auf einer normalen Schule.« Weil sie nicht antwortete, drehte er sich um. Wakana fuhr mit den Händen an der Hecke entlang und machte ein düsteres Gesicht.

»Ich bin wirklich die Einzige, die auf die Abendschule geht.«

»Und wenn schon, macht doch nichts.«

»Wir haben kein Geld, und ich muss verdienen. Also bin ich zum *Doraharu* gegangen. Aber das gibt es ja nicht mehr.«

»Ja, leider.«

»Frau Yoshii hat nämlich mal gesagt, ich könnte dort aushelfen. Deshalb war ich total enttäuscht. Werden denn nirgendwo mehr Dorayaki gemacht?«

»Ich würde gern welche machen.«

»Ehrlich?«

»Ja. Schade, dass wir nicht zusammen einen Imbiss eröffnen können.«

Die Bemerkung war ihm einfach so herausgerutscht, im Scherz, dennoch staunte er ein wenig über sich selbst. Nach seiner Kündigung hatte er sich völlig abgekapselt, und ihm war, als hätte er diese Scheu vor der Welt just von sich geworfen.

Wakana ging dicht neben ihm und klopfte auf die Tasche, die über ihrer Schulter hing.

»Ich habe Frau Yoshii ein Geschenk mitgebracht.«

»Was denn?«

»Raten Sie mal.«

Sentaro hatte nicht die leiseste Ahnung und überlegte angestrengt. »Eine Kimonoweste?«

»Quatsch«, schnaubte Wakana spöttisch. »Was soll sie denn im Frühling mit einer Steppweste?«

»Was dann? Gib mir wenigstens einen Hinweis!«

»Es ist nichts zu essen.«

»Dann weiß ich es nicht.«

Bis zum Schluss gelang es Sentaro nicht, das Geschenk zu erraten. Unversehens hatten die beiden das Ende der Hecke erreicht und standen nun vor dem Museumsgebäude. Auch hier waren die Kirschbäume zu bauschigen Wolken erblüht, aber an der immerwährenden Stille hatte sich nichts geändert.

»Wir sind da.« Wakana klang weder traurig noch beunruhigt. Sie gingen an der Statue von Mutter und Kind im Pilgergewand vorbei und schlugen den Pfad ein, der um den HIMMELSGARTEN herumführte.

»Die Blüten sind märchenhaft.«

»Fast wie in einem Traum.«

Die blühenden Bäume am Weg boten einen atemberaubenden Anblick. So hell leuchteten die Zweige über ihren Köpfen, als würden sie sämtliches Licht der Umgebung einfangen. Sie begegneten Scharen von Menschen, die sich an der Blütenpracht ergötzten, vielleicht Leute aus der Nachbarschaft oder ehemalige Patienten.

»Wo wohnt denn Frau Yoshii?«, fragte Wakana.

»Ich war auch noch nie bei ihr. Aber ich habe die

Adresse, also können wir, wenn wir sie im Laden nicht antreffen, anschließend auf der Infotafel nachschauen.«

Wakana nickte. »Etwas schwierig ist das schon«, murmelte sie.

Im Vorraum des Ladens hielten sich wie beim letzten Mal mehrere Bewohner auf. Einige der Männer trugen Sonnenbrillen.

Sentaro spähte durch die geöffnete Tür. Er hatte auf der Karte angekündigt, dass sie irgendwann um diese Zeit kommen würden, aber von Tokue war nichts zu sehen.

»Dann bleibt uns nichts anderes übrig, als zu ihr nach Hause zu gehen.«

Wakana zupfte Sentaro am Arm.

»Da drüben ist die Frau, die wir letztes Mal kennengelernt haben.«

Ganz hinten, wo die Tische standen, saß Frau Moriyama.

Sentaro und Wakana grüßten in ihre Richtung, und die alte Dame kam langsam auf sie zu.

»Wir kennen uns schon, nicht wahr?«, sprach Sentaro sie bemüht heiter an.

»Ja, ich weiß schon, aber ...«, sagte Frau Moriyama leise.

»Wir wollen Frau Yoshii besuchen. Wir hatten ihr eine Karte geschrieben, aber vielleicht ist sie noch nicht angekommen.«

Frau Moriyama verbarg mit einer Hand ihre von der Lepra entstellten Lippen. Offenbar wollte sie etwas sagen und schloss kurz die Augen, als suche sie nach Worten.

»Doch, Herr Tsuji, Ihre Karte ist angekommen. Möchten Sie sich nicht setzen?« Sie deutete auf einen Tisch.

Ihre Stimme klang unsicher, als könne sie sich nicht entscheiden, wie sie sich ausdrücken sollte. Sentaro und Wakana wechselten einen Blick, und Frau Moriyama kam zu ihnen herum.

»Also, Herr Chef, und auch Sie, kleine Wakana ...«

»Wakana ist eigentlich nur mein Spitzname.«

»Bitte, hören Sie mir jetzt einmal in Ruhe zu.«

»Gut.«

Ein Moment verstrich. »Tokue ist gestorben.«

Sentaro sprang mit offenem Mund auf. Wakana war zusammengezuckt.

Es fühlte sich an, als hätten sich plötzlich alle körperlosen Dinge – der Wind, die Zeit und der Himmel – zu einer Faust geballt und ihm einen Schlag gegen die Brust versetzt.

»Nein ... Das kann doch nicht ...«

Frau Moriyama sah Sentaro mit ihren welken Augen an, ohne den Blick auch nur einmal abzuwenden.

»Ich hatte Ihre Adresse von Tokue bekommen. Vorige Woche bin ich dann zu Ihrem Imbiss gefahren. Aber da ist ja jetzt eine Bratstube für Okonomiyaki. Als ich den jungen Mann dort nach der Telefonnummer des Geschäftsführers vom *Doraharu* fragte, hatte er keine Ahnung. Was sollte ich da machen?«

Sentaro bekam kein Wort heraus und legte sich die

Hand an die Stirn. Erst mit einiger Verspätung schaffte er es, sich vor Frau Moriyama zu verbeugen.

»Es tut mir so leid«, brachte er mühsam hervor.

»Nein, nein, das kann nicht wahr sein«, wiederholte Wakana, die sich an diesen Gedanken zu klammern schien.

»Einige Tage vor ihrem Tod war ich bei Tokue in der Wohnung. Sie wirkte sehr mitgenommen, wollte aber nicht auf die Krankenstation. Sie habe nur Fieber, sagte sie. Also bin ich bei ihr geblieben. Dann hätte ich im Notfall eine Botschaft entgegennehmen können. Ich sagte ihr, dass ich Sie rufen könne, aber sie wollte nicht. Sie meinte, in jedem Fall würde ein Brief genügen.«

Sentaro schüttelte den Kopf. Er konnte nicht fassen, was geschehen war.

»Tokue hat in Ihnen einen Sohn gesehen.« Frau Moriyama sagte es nicht vorwurfsvoll, sie stellte es einfach nur fest.

Sentaro hatte das Gefühl, etwas sagen zu müssen, aber es kam nichts. Auch Wakana stand nur wie erstarrt neben ihm.

»Sie hatte eine Lungenentzündung«, fügte Frau Moriyama hinzu. »Alle ihre Freunde haben ihr das letzte Geleit gegeben. Wir hätten Sie gern dabeigehabt, aber die Umstände ließen es nicht zu, weil Ihr Arbeitsplatz sich ja geändert hat. Es kam eben sehr plötzlich.«

Sentaro schüttelte wieder den Kopf.

»Und Frau Yoshiis ...?« Seine Lippen zitterten. »Wo ist Frau Yoshiis ...?«

Mehr brachte er nicht heraus.

Frau Moriyama wischte sich mit ihren knotigen Fingern die Augen, während sie die Frage beantwortete, die Sentaro zu stellen versuchte.

»Sie ist im Urnenhaus. Bei ihrem Mann.«

»Ah ja«, flüsterte Sentaro unter Anstrengung. Nun konnte er die Tränen nicht länger zurückhalten, stützte die Ellbogen auf den Tisch und barg das Gesicht in den Händen. Auch Wakana ließ den Kopf hängen und schluchzte ganz jämmerlich.

»Aber es ist doch alles gut. Sie sind gekommen. Und Tokue wusste, dass Sie kommen würden. Möchten Sie vielleicht ihre Wohnung sehen? Nur, wenn Sie wollen.«

Sentaro nickte wortlos.

»Ja, gern«, antwortete Wakana mit heiserer Stimme.

28

Sie gingen zu dem Weg zurück, der zu den Unterkünften des Sanatoriums führte. An einer Wegbiegung, nicht weit von dem kleinen Laden entfernt, blieb Frau Moriyama stehen.

Über einen Weg aus Trittsteinen durchquerte sie eine Art offenen Garten mit einer Rasenfläche.

In die Wand eines der Häuser am Weg war eine Plakette mit der Aufschrift »Schicksalswind« eingelassen.

Sentaro und Wakana folgten Frau Moriyama durch den Garten zu einem Gebäude. Der Anzahl der identischen Fenster nach gab es vier Wohnungen darin.

Tokues lag ganz hinten. Frau Moriyama schob die unverschlossene mit Aluminium gerahmte Verandatür auf.

»Wir brauchen nicht vorne reinzugehen. Wir machen das auch immer so.«

Allerdings gab es keine Veranda, und sie blickten direkt vom Rasen in einen Raum mit einem blauen Teppich. Der Boden im Flur war jedoch kahl und abgenutzt.

Am Fenster stand der ihnen vertraute Vogelkäfig, aber Marvy war nicht darin. Sentaros Blick huschte zu Wakana. Auch sie schaute mit feuchten Augen auf den Käfig.

»Kommt rein!«

Die Wohnung war ungefähr zehn Quadratmeter groß. Im hinteren Teil lag anscheinend die Küche, denn dort waren ein Spülbecken und ein Kühlschrank zu sehen. Die Decke war aus rohen Brettern gezimmert. Die verputzte Rigipswand war gelblich verfärbt und hatte überall schwärzliche Flecken. An ihr standen eine Kommode, ein Schreibpult, eine Bretterkiste mit Büchern und ein kleiner Fernseher. Das Bettzeug war vermutlich im Wandschrank, denn das war alles, was zu sehen war.

»Hier ist Frau Yoshii also gestorben?«

»Nein, die letzten Tage hat sie auf der Krankenstation verbracht. Du meine Güte, es kam so plötzlich.«

Sentaro und Wakana ließen ihre Schuhe im Gras stehen und gingen in Tokues Wohnung. Die Küche war dämmrig, aber am Fenster gab es ein sonniges Plätzchen.

Auf der Kiste standen mehrere Fotografien.

»Das ist Yoshiaki, Tokues Mann.«

Frau Moriyama versuchte mit ihren ungeschickten Händen ein Räucherstäbchen zu greifen.

»Frau Yoshii war aber hübsch«, sagte Wakana. Ihre Nase war verstopft.

Ja, wirklich, das war sie, dachte Sentaro.

Alle Fotos waren schwarz-weiß, und Tokue war auf ihnen vermutlich erst in den Zwanzigern. Sie hatte eine

Frisur, wie man sie aus alten Filmen kannte, und ihr Gesicht leuchtete. Man hätte es nie für möglich gehalten, dass sie eine schwere Krankheit hatte. Ihre Züge waren regelmäßig, und ihre Augen voller Leben. Sie hatte große Ähnlichkeit mit dem Mädchen, dem Sentaro im Traum begegnet war. Der Mann neben ihr lächelte. Eigentlich strahlte er sogar vor Freude, wahrscheinlich darüber, eine so junge, hübsche Frau wie Tokue zu haben.

Wie Sentaro gehört hatte, war Tokues Mann erheblich älter gewesen als sie. Entsprechend schmächtig und schwächlich wirkten sein Nacken und seine Schultern. Dieser Eindruck unterschied sich völlig von dem, was Tokue ihm erzählt hatte. Soweit er sich erinnerte, hatte sie gesagt, ihr Mann sei lang wie eine Palme gewesen, und Sentaro hatte sich bisher immer einen ziemlich hochgewachsenen Menschen vorgestellt. Doch der Mann auf dem Foto war nicht größer als ein durchschnittlicher Japaner, gleichwohl er Tokue ein wenig überragte.

Allerdings war das hier nicht mehr als eine Momentaufnahme. Sentaros Gedanken schlugen sofort wieder eine andere Richtung ein. Der Anblick der so lebendig wirkenden Tokue auf dem Foto schnürte ihm das Herz ab, wenn er an all das Schreckliche dachte, das sie und ihr Mann hatten durchmachen müssen.

Wakana und Sentaro entzündeten Räucherstäbchen vor dem Jahrzehnte alten Bild des Ehepaars und falteten die Hände.

»Ich würde mich freuen, wenn Sie ein paar von den Sachen mitnehmen würden.«

In einer Ecke der Küche stand ein kleiner Herd und neben ihm eine Holzkiste mit Kochgerätschaften.

Ein Sawari und ein Spatel für die Herstellung von An. Ein feines Sieb, um die Bohnen zu passieren; Stempel für die Verzierung von Manju mit Brandzeichen; Formen für Yokan; Dampfsiebe für Dango, aber auch Utensilien für die Zubereitung von westlichem Gebäck und Konfekt waren reichlich vorhanden. Schüsseln in verschiedener Größe, Torten- und Kuchenformen, Schneebesen und Spatel zum Verstreichen von Tortenguss. Ordentlich in eine Plastiktüte verpackt, fand sich ein Spritzbeutel mit unterschiedlichen Tüllen.

»Wir hatten daran gedacht, die brauchbaren Sachen unter uns zu verteilen. Aber mittlerweile sind wir alle in einem gewissen Alter und könnten schon bald, vielleicht sogar am Tag nachdem wir die Sachen bekommen haben, nicht mehr da sein.«

Frau Moriyama lächelte fein.

»Also ist es besser, sie jemandem wie Ihnen zu geben, Chef. Ende des Monats kommt sowieso alles hier auf den Sperrmüll.«

Sentaro ging vor der Kiste auf die Knie und nahm Tokues Gerätschaften heraus. Er dachte an das, was sie gesagt hatte, als sie sich kennengelernt hatten.

Ich mache ständig welche. Seit fünfzig Jahren.

Sentaro konnte sich noch ganz genau an diesen Moment erinnern. Ein Anflug von Stolz war über Tokues Gesicht gehuscht.

Sacht fuhr er mit dem Finger über die Gerätschaften.

»Wie die Zeit vergeht, nicht wahr?«

Sentaro hielt Frau Moriyama einen altmodischen Holz-spatel hin.

»Wäre es nicht besser, wenn Sie die Sachen in der Konditorei benutzen würden?«

Frau Moriyama schüttelte den Kopf.

»Nein, die Konditorei ist schon seit fast zehn Jahren nicht mehr aktiv.«

»Ach was? Wirklich?«

»Ja, das liegt daran, dass wir das Gelände jetzt verlas-sen dürfen und Zugang zu allen möglichen Dingen ha-ben. Wir können uns Kuchen im Supermarkt kaufen. Die Treffen, bei denen wir Süßspeisen herstellten, haben ganz aufgehört.«

Sentaro nickte stumm.

»Tokue hat diese Zusammenkünfte immer geleitet, deshalb war sie wahrscheinlich traurig darüber.«

»Ja, sie machte gern Leckereien, nicht wahr?«

»Ja, und außerdem ...«, setzte Frau Moriyama an, hielt aber dann doch den Mund.

Sentaro nahm die Sachen aus der Kiste und reihte sie nebeneinander auf. Einige schlug er in ein Handtuch ein.

»Vielen Dank, ich bin sehr froh, dass ich die benutzen darf.«

Wann er wohl wieder an einer Backplatte stehen wür-de? Er hatte nicht die geringste Ahnung. Dennoch woll-te er die Gerätschaften als Andenken behalten.

Als Sentaro aus der Küche wieder in das Zimmer trat, stellte Frau Moriyama eine Keksdose auf den Schreibtisch.

»Was ist das?«

Frau Moriyama öffnete den Deckel. Mehrere beschriebene Blätter kamen zum Vorschein.

»Bevor Tokue auf die Krankenstation gebracht wurde, hat sie mir diesen Brief anvertraut. Den sollte ich Ihnen zukommen lassen, falls sie nicht zurückkäme.«

Sentaro und Wakana tauschten einen Blick, als sie ihnen die Blätter zeigte.

»Sie hat ihn nicht fertig geschrieben, sagte sie.«

Sentaro nahm die Seiten entgegen.

»Würden Sie ihn hier lesen, wenn es Ihnen nichts ausmacht? Hier, wo Tokue ihn mühselig Zeichen für Zeichen geschrieben hat.«

Sentaro nickte. Er breitete die Blätter aus und hatte Tokues eigenwillige Schriftzeichen vor sich, die sie so sorgsam eins nach dem anderen zu Papier gebracht hatte.

An Sentaro Tsuji.
Wenn Sie diesen Brief erhalten, hat die Kälte
vielleicht schon nachgelassen.
Da wir Alten uns ständig wiederholen, hatte ich
mir eigentlich vorgenommen, keine Briefe mehr zu
schreiben, aber jetzt weiß ich nicht, ob ich noch
durchhalte, bis ich Sie und Wakana das nächste Mal
sehe. Meine Erkältung hat sich ziemlich verschlim-
mert. Aber ich will Ihnen unbedingt etwas sagen, also
greife ich zum Stift.

Als Erstes muss ich mich entschuldigen.

Obwohl ich versprochen hatte, mich um Marvy zu kümmern, habe ich ihn schon sehr bald freigelassen. Immer wenn ich ihn zwitschern hörte, hatte ich das Gefühl, er bat mich, ihn aus dem Käfig zu lassen. Wenn ich an Wakana denke, frage ich mich, ob das richtig war. Aber ich habe selbst sehr darunter gelitten, nicht in die Welt hinauszukönnen, und es gibt für mich einfach keinen Grund, ein Lebewesen, das Flügel hat, in einem engen Käfig zu halten.

Es mag Vögel geben, die nur in der Obhut des Menschen überleben können, aber ich konnte es einfach nicht mit ansehen, wie der kleine Marvy so sehnsüchtig in den blauen Himmel blickte. Also habe ich ihn freigelassen.

Bitte sagen Sie Wakana, dass es mir leidtut.

Als Kind hatte ich keine besonderen Zukunftsträume und wusste nicht, was ich einmal werden wollte. Allerdings war damals auch Krieg, und für die meisten Menschen stand die bange Frage, wie lange sie noch am Leben bleiben würden, im Vordergrund.

Als ich Lepra bekam und erfuhr, dass ich für immer eingesperrt bleiben würde, machte es mich nur traurig, von einem Beruf zu träumen. Anfangs, ich habe es Ihnen schon erzählt, wollte ich Lehrerin werden. Ich mochte Kinder und lernte selbst gern. Tatsächlich ging ich auch im Sanatorium zur Schule und habe später als Erwachsene mitunter kleinen Patienten Unterricht erteilt.

Doch, um die Wahrheit zu sagen, war es immer mein größter Wunsch, dieses Gefängnis zu verlassen. Hinaus in die Welt zu gehen und richtig zu arbeiten. Etwas für die Gesellschaft, für die Menschen zu tun, wie es so schön heißt.

Die ganze Zeit über dachte ich an nichts anderes. Wäre ich noch krank gewesen, hätte ich es vielleicht eingesehen, aber auch nach meiner Heilung durfte ich das Gelände nicht verlassen. Obwohl ich so gern gearbeitet und der Gesellschaft einen Dienst geleistet hätte, war ich gezwungen, hinter dieser Hecke vom Geld der Steuerzahler zu leben.

Oft wäre ich lieber tot gewesen, weil ich im Innersten davon überzeugt war, zu nichts nütze zu sein. Denn ich glaubte fest daran, dass ein Mensch dazu geboren ist, anderen zur Seite zu stehen.

Doch irgendwann änderte ich meine Einstellung. Was genau mich dazu brachte, weiß ich nicht mehr. Ich erinnere mich nur, dass ich eines Abends allein durch das Wäldchen ging und den außergewöhnlich hell strahlenden Vollmond betrachtete. Damals begann ich, dem Rauschen der Bäume, den Insekten und den Vögeln »zuzuhören«.

Alles schimmerte bläulich im Licht des Mondes, und die Bäume schwenkten ihre Äste wie aus eigenem Antrieb. Und ich stand auf diesem Waldweg ganz allein dem Mond gegenüber.

Wie wunderschön er ist, dachte ich, während ich
fasziniert die silberhelle Scheibe betrachtete.
In diesem Moment vergaß ich, dass ich mit einer
scheußlichen Krankheit rang und die Leprastation
nie verlassen würde.
Auf einmal hatte ich das sichere Gefühl, etwas
gehört zu haben. Tatsächlich – der Mond flüsterte
mir etwas zu.
Ich will, dass du mich siehst, sagte er.
Nur deshalb leuchte ich.
Seitdem sehe ich alles mit völlig anderen Augen.
Wenn es mich nicht gäbe, gäbe es den Vollmond
nicht. Auch die Bäume gäbe es nicht. Und
auch nicht den Wind. Wenn mein Blick auf die
Dinge erlischt, verschwinden sie. Das ist alles.
Aber das gilt nicht nur für mich. Was wäre, wenn
die Menschen nicht da wären? Und nicht nur
sie, was, wenn es kein fühlendes Leben mehr auf
dieser Welt gäbe?
Alles würde für immer von ihr verschwinden.
Vielleicht halten Sie mich jetzt für größenwahn-
sinnig, Chef.
Aber diese Art zu denken hat mein Leben verändert.
Wir sind geboren, um die Welt zu betrachten und ihr
zuzuhören. Das ist alles, was sie von uns verlangt.
Das ist der Sinn unseres Lebens, und nicht, Lehrerin
oder Angestellter zu werden.
Ich wurde ziemlich schnell geheilt. Deshalb konnte
ich mich später draußen bewegen, ohne dass man

mir die Schäden, die ich zurückbehalten hatte, allzu
stark anmerkte. Sie haben mich sogar im Doraharu
arbeiten lassen. Das war wirklich ein Glück für mich.
Aber es ergeht nicht allen so gut. Auf dieser Welt
gibt es Kinder, deren Leben bereits nach zwei Jahren
zu Ende ist, und bei aller Traurigkeit fragt man sich,
warum sie überhaupt geboren werden.

Heute weiß ich es. Sie werden geboren, um mit ihrem
kindlichen Empfinden den Himmel, den Wind und
die Stimmen aufzunehmen. Aus dem Gefühl dieser Kinder entsteht eine eigene Welt. Und genau darin
liegt der Sinn ihrer Geburt.

Ebenso hat auch die Geburt eines Lebens wie das
meines Mannes einen Sinn, obwohl es von außen
betrachtet vor allem aus Leid bestand, weil er den
größten Teil davon mit einer schweren Krankheit
zu ringen hatte. Aber auch durch ein solches Leben
werden Himmel und Wind spürbar.

Ich denke, nicht nur an Lepra erkrankte Menschen
fragen sich mitunter nach dem Sinn ihres Lebens,
alle Menschen tun das.

Und ich weiß jetzt die Antwort.

Natürlich kann ich deshalb nicht alle Probleme
lösen, die sich mir stellen, und auch ich kenne Tage,
an denen ich mein Dasein als unablässige Qual
empfinde.

Ich war sehr glücklich, als wir den Prozess gewannen
und das Gesetz, das uns zu lebenslanger Isolation
verdammt hatte, abgeschafft wurde. Jahrzehntelang

hatten wir dafür gekämpft, und endlich durften wir uns frei bewegen. Dennoch hatte unser Sieg auch eine schmerzliche Seite.

Ich konnte nun ungehindert die Welt jenseits der Stechpalmenhecke durchstreifen. Auf Reisen gehen, wenn mir der Sinn danach stand. Natürlich entzückte mich das über alle Maßen. Vergessen Sie nicht, dass fünfzig Jahre vergangen waren, seit ich eingesperrt wurde. Die ganze Welt schien ein einziges Glitzermeer. Doch bei der Begegnung mit ihr wurde mir etwas klar. Wohin ich auch ging, ich kannte niemanden. Ich irrte nur allein und ohne Familie durch unbekannte Gegenden.

Es war zu spät. Ich war zu alt für die Freiheit. Hätte ich sie zwanzig Jahre früher erlangt, hätte ich mir vielleicht draußen noch ein Leben aufbauen können. Doch ist man einmal sechzig oder siebzig Jahre alt, klappt das nicht mehr. Ja, ihr könnt gehen, hatte man uns gesagt, aber das hieß noch lange nicht, dass wir es wirklich konnten.

Es war eine Freude, in Freiheit herumzuspazieren. Aber je mehr ich es genoss, desto überwältigender wurde mein Kummer darüber, die verlorene Lebenszeit nicht mehr einholen zu können. Das können Sie sicher verstehen? Alle, die hier leben, kehren stets völlig erschöpft von ihren Ausflügen in die Außenwelt zurück. Die Erschöpfung ist nicht allein körperlich, sondern rührt von diesem zermürbenden Kummer her.

Süßspeisen habe ich gemacht, um den vielen bitte-
ren Tränen, die die Menschen hier geweint haben,
etwas entgegenzusetzen. Das hat auch mir geholfen.
Und auch Ihr Leben hat einen Sinn, Chef.
Ich glaube, sogar die Zeit, die Sie hinter Gittern ver-
bracht haben, und Ihre Begegnung mit den Dorayaki,
all das hatte seinen Sinn. Durch alle Wechselfälle
hindurch haben Sie das Leben geführt, das Ihnen
entspricht. Und irgendwann kommt ganz bestimmt
der Tag, an dem Sie sagen können: Das ist mein
Leben. Sie werden zu sich selbst finden, auch ohne
Schriftsteller oder Dorayaki-Bäcker zu werden.
Das erste Mal bin ich Ihnen an einem der Tage
begegnet, an denen ich meinen wöchentlichen Aus-
flug machte. Als ich die Einkaufsstraße entlang-
ging und die Kirschblüten betrachtete, führte mich
ein süßer Duft zum Doraharu.
Und dort, Chef, sah ich Sie.
Ihre Augen wirkten so traurig. Ich wollte erfahren,
was sie so traurig machte. Ihr Blick erinnerte mich
an meine Vergangenheit, an meine Traurigkeit da-
mals, als ich hinter der Stechpalmenhecke gefangen
war. Also blieb ich vor dem Imbiss stehen.
Hätte man meinen Mann nicht zwangssterilisiert
und hätten wir einen Sohn gehabt, wäre er jetzt
ungefähr in Ihrem Alter, Chef. Daran dachte ich
damals.
Dann trat ich

Im letzten Teil des Briefes wurden die Zeichen zunehmend größer und unleserlicher, bis sie ganz abbrachen. Das Blatt in den Händen, schloss Sentaro die Augen. Eine Weile sagte niemand etwas.

Endlich brach Wakana das Schweigen.

»Wäre ich nur früher gekommen.«

Sie öffnete ihre Tasche, nahm eine Papiertüte heraus und legte sie sacht vor Tokues Fotogalerie ab. Die Tüte hatte eine rote Schleife.

»Machen Sie Ihr Geschenk nur auf und zeigen Sie es Tokue«, sagte Frau Moriyama.

Wakana nickte und öffnete das Päckchen mit zitternden Fingern.

Eine weiße Bluse kam zum Vorschein.

»Ich kann nicht nähen ... Also habe ich eine gekauft. Sie war nicht teuer.«

Frau Moriyama setzte sich neben das junge Mädchen, das jetzt laut weinte.

»Tokue freut sich bestimmt sehr darüber.« Sie faltete die Bluse auseinander und breitete sie vor Tokues Foto aus.

»Guck mal, Tokue, wie schön. Wakana hat dir die Bluse zurückgebracht, die deine Mutter für dich genäht hat.«

Sie legte ihre Krallenhand sanft auf Wakanas bebende Schulter und streichelte sie. »Wakana ...«, sagte sie nur.

Sentaro weinte jetzt auch. »Wakana«, schluchzte er. »Ich danke dir.«

Es verging einige Zeit, bis sie sich wieder beruhigt hatten. Keiner der drei sagte mehr etwas.

Sentaro schaute hinaus in den Garten.

Während sie weinten, hatten sie nicht bemerkt, wie die Zeit verging, und es mischte sich bereits ein purpurner Ton in die Sonnenstrahlen, die über den Rasen tanzten. Sentaro rieb sich die Augen und sah zu dem leeren Vogelkäfig hin.

»Tokue hat gesagt, ihr möchtet ihr bitte verzeihen.«

»Wegen dem Kanarienvogel?«

»Genau.«

Frau Moriyama rückte näher an Sentaro heran.

»Vielleicht passt es nicht, jetzt davon anzufangen, wo sie gerade die Bluse bekommen hat, aber es geht um – wie heißt er noch? – Ma ...?«

»Marvy.« Wakana schaute auf.

»Sie hat den kleinen Marvy doch eigenmächtig freigelassen. Ohne es mit euch zu besprechen. Und sie wusste nicht, wie sie es euch erklären sollte.«

»Das stand doch schon alles in ihrem Brief«, sagte Sentaro.

»Es war richtig. Marvy wollte frei sein«, sagte Wakana.

»Anfangs blieb Marvy immer hier im Garten oder saß auf dem Vordach. Zum Essen kam er in die Wohnung geflattert.«

»Ach?« Wakana hob ihr tränennasses Gesicht. »Er konnte doch gar nicht richtig fliegen.«

Verwundert sah Frau Moriyama sie an.

»Doch, doch. Man sieht ihn auch jetzt noch auf allen Dächern.«

»Marvy fliegt?«

»Ja, und alle füttern ihn.«

»Wirklich?« Wakana lächelte zum ersten Mal, seit sie Tokues Wohnung betreten hatten.

»Dann ist es ja gut, oder?«, sagte Sentaro, und Wakana nickte nachdrücklich.

»Ich habe ihn wohl zu sehr verhätschelt«, sagte sie.

Unvermittelt lächelte Frau Moriyama.

»Meist sagt man nur Gutes über Verstorbene, noch dazu, wenn sie einem lieb und teuer waren. Aber als Tokues beste Freundin traue ich mich, auch mal etwas Negatives über sie zu sagen.«

»Was denn?«

»Tokue übertrieb gern.«

»Was?«

»Sie übertrieb?«

»Ja, ich habe den Brief gelesen.« Frau Moriyama warf einen Blick auf die Blätter, die nun neben der Bluse lagen.

»Eigentlich wollte ich ihn nicht lesen, aber er war ja nicht in einem Umschlag, und ich konnte die Zeichen sehen. Sie hat alles Mögliche darüber geschrieben, wie es auf dieser Welt so und so zugeht ... nicht wahr?«

»Ja.«

»Aha, dachte ich, sie hat wieder eine Predigt gehalten. Und das Wort ›zuhören‹ kam auch massenhaft vor, oder?«

Sentaro nickte.

»Ihr dürft nicht schlecht von mir denken. Ich meine es nicht böse, aber Tokue machte das immer, wenn sie jemanden gern hatte. Lausche der Sprache der Bohnen und so. Der Mond hat mir etwas zugeflüstert und so weiter. Dabei lag sie einem selbst ständig in den Ohren.«

»Aber«, unterbrach Sentaro ihren Redefluss, »ich bin sehr froh über diesen Brief. Auch Wakana soll ihn später lesen. Selbst wenn er ein bisschen übertrieben sein sollte, hilft er mir sehr.«

Wakana musste wieder weinen. Frau Moriyama sah die beiden an, ohne dass ihr Lächeln schwand.

»Lasst uns ein Stück gehen«, sagte sie und stand auf. »Ich möchte Tokue besuchen.«

»Frau Yoshii besuchen?« Wakana riss die verweinten Augen auf.

29

Die Strahlen der untergehenden Sonne breiteten sich allmählich über den ganzen Himmel aus. Sein durchscheinendes Blau ging in ein purpurnes Rot über, das sich über die Landschaft vor ihnen ergoss. Auch das Urnenhaus war in das Licht der Abendsonne getaucht und schien von innen zu leuchten.

»Als Tokue mich dazu aufforderte, in ihrer Konditorei mitzumachen, hatte ich gerade einen Selbstmordversuch hinter mir.«

Die tief stehende Sonne im Rücken, hob Frau Moriyama ihre linke Hand, um sie den beiden jungen Leuten zu zeigen.

»Ich hatte mir die Pulsadern aufgeschnitten. Aber der Schnitt war zu zaghaft ausgeführt, und ich blieb am Leben. Nachdem die Krankheit bei mir ausgebrochen war, bekam ich starke Schmerzen, gefolgt von noch mehr Schmerzen. Meine Finger verwandelten sich in Krallen, Löcher öffneten sich in meinen Händen, mein Gesicht schwoll an, nichts war wie vorher. Ich hatte eiternde Beulen am Kopf und im Gesicht, statt einer Frau war ich ein

Bild des Grauens. Es war so furchtbar, dass ich mir die Pulsadern aufschnitt.«

Während sie auf das Urnenhaus zugingen, wandte Frau Moriyama sich immer wieder zu den beiden um. »Die Schmerzen werfen einen auch seelisch völlig aus der Bahn. Manche Menschen wählen den Tod, weil sie einfach nicht aufhören. Auch ich glaubte damals, eine Grenze erreicht zu haben. Aber aus irgendeinem Grund habe ich überlebt. Und dann hat Tokue gesagt, wir sollten gemeinsam am Leben bleiben und Süßspeisen bereiten. Hier in diesem Gefängnis, wo ich mich quälte und weder leben noch sterben konnte. So hat es angefangen. Und es gefiel mir. Spitz die Ohren und hör zu, war Tokues Devise. Stell dir den Himmel und den Wind an den Orten vor, von denen die Adzukibohnen kommen.«

»Bei mir war es genauso«, sagte Sentaro. »Ich glaube, Frau Yoshii konnte das wirklich. Wie sonst hätte sie ein so köstliches An kochen können?«

»Ja, so muss es sein«, fuhr Frau Moriyama fort. »Also lauschte ich, wie Tokue es mir auftrug, hielt mein Ohr an die Bohnen, nahm mir vor, Geduld zu haben. Aber ich hörte nichts. Ich hörte nicht, was die Bohnen sagten. Und Sie, Chef? Haben Sie die Sprache der Bohnen vernommen?«

Sentaro, der nachdenklich vorangeschritten war, schüttelte den Kopf. »Nein. Ich habe nur versucht, so mit ihnen umzugehen, wie Frau Yoshii es immer tat.«

»Ja, ich auch, aber weil es ständig dieselbe Leier war,

hatte ich es bald satt. Auch fingen einige der anderen an, Tokue eine Schwindlerin zu nennen. Eine Zeit lang war Tokue sogar ganz allein in der Konditorei.«

»Ehrlich?«

Davon hörte Sentaro zum ersten Mal.

»Damals haben wir die ganze Nacht geredet. Darüber, warum sie diese Dinge sagte und so fort. Alle waren sehr aufgebracht.«

»Und dann?«

»Sie dürfen jetzt nicht enttäuscht sein. Aber Tokue sagte, vielleicht könne man die Sprache der Bohnen gar nicht hören. Doch wenn man mit der Vorstellung lebe, sie hören zu können, würde man sie irgendwann doch hören. Dies sei ein Mittel, Dichter zu werden oder sich selbst zu leben, sagte sie. Wenn wir nur die Realität sehen würden, entstünde der Wunsch zu sterben. Zäune überwinden kann nur, wer mit einem Herzen lebt, das Zäune überwunden hat.«

»Frau Yoshii war ganz bestimmt solch ein Mensch. Sie hat es geschafft, Grenzen zu überschreiten.«

»Grenzen?«, fragte Wakana.

Wieder sah Sentaro das junge Mädchen vor sich, das ihm unter den voll erblühten Kirschbäumen die in Salz eingelegten Blüten gezeigt hatte.

Es drängte ihn, sein Erlebnis in Worte zu fassen, aber er schwieg.

Jetzt war nicht die rechte Zeit dafür.

Die drei waren am Urnenhaus angelangt. Frau Moriyama legte vor der von der Abendsonne beschienenen Pagode die Hände zusammen. Sentaro und Wakana taten es ihr nach. Gleich darauf ließ die alte Frau die Arme wieder sinken und steuerte auf den Pfad zu, der in das Wäldchen führte.

Erstaunt hob Sentaro den Kopf. Auch Wakana sah die alte Dame fragend an.

»Gehen wir jetzt in den Wald?«

»Ja, hier entlang.«

»Aber ist Frau Yoshii denn nicht im Urnenhaus ...?«

Frau Moriyama winkte ihnen, ihr zu folgen. Der Pfad war von Bäumen gesäumt, und es war viel dunkler dort als auf dem Weg vor dem Urnenhaus. Der Himmel leuchtete noch in all seinen Purpurtönen, aber vor ihnen wurde es bereits Nacht.

Frau Moriyama schlenderte gemächlich vor ihnen her, während sie mit ihrer Geschichte fortfuhr.

»Was Tokue sagte, gefiel mir. Sie ermunterte mich, ganz frei über die Dinge nachzudenken. So hat sie mir beigebracht, wie ich, wenn ich nur diesen Spazierweg entlanggehe, das Gefühl bekomme, in eine andere Welt gehen zu können. Und Tokue hat niemals gelogen.«

»Natürlich nicht.«

»Nein, niemals.«

Frau Moriyama machte an einer Stelle Halt, an der Spitzzeichen, Kiefern und zahlreiche Büsche durcheinanderwuchsen. Hier war es noch dunkler, auch wenn der Himmel blutrot durch die Bäume schimmerte.

»Es war etwa eine Woche bevor sie starb. Wir saßen abends zusammen bei mir und tranken Kakao, als Tokue von einem seltsamen Erlebnis berichtete.«

Wakana rückte näher an Sentaro heran.

»Keine Angst. Es ist nichts Gruseliges. Sie erzählte mir, wie sie zum ersten Mal die Stimmen hörte, als sie eines Abends, so wie wir jetzt, hier spazieren ging.«

»Was für Stimmen?«

»Die Stimmen der Bäume.«

»Ehrlich?« Sentaro wusste nicht, wie er reagieren sollte. Wakana blieb dicht an seiner Seite.

»Es war etwa zu der Zeit, als sie den anderen sagte, sie sollten den Stimmen der Bohnen lauschen. Überhaupt allen Stimmen, nicht nur denen der Menschen.«

»Wie geht das denn?«, fragte Wakana heiser.

»Dazu braucht man – Tokue hat gelacht, als sie mir das sagte – viel Geduld.«

»Sie hat also die Bäume gehört?«

»Ja. Sooft sie hier spazieren ging. Die ganzen Bäume hätten mit ihr geredet. Sie hatte die Geduld. Auf diese Weise hat sie sie zum ersten Mal gehört. Ich werde niemals ihr Gesicht vergessen, als sie mir davon erzählte. Ich kannte sie ja von Jugend an und war auch zu ihrer kleinen Hochzeitsfeier eingeladen. Aber so glücklich hatte ich sie noch nie gesehen. Das wollte ich euch unbedingt erzählen, weil ihr Tokue so nahegestanden habt. Nicht, dass ihr denkt, ihr Leben wäre bedauernswert gewesen. Oder dass es unglücklich zu Ende ging. Die Bäume haben ihr wirklich etwas zugeflüstert. Das war

Tokue Yoshiis Leistung. Sie hat das geschafft. Nicht wahr?«

Frau Moriyama zeigte mit einem verbogenen Finger auf den Hain.

»Wenn einer von uns stirbt, pflanzen wir einen Baum. So werden es immer mehr.«

Wakana versteckte sich hinter Sentaro, der seinen Blick über die im Kreis stehenden Bäume schweifen ließ.

Jeder von ihnen zeugte vom Leben eines der Menschen, die hier gestorben waren.

»Es ist schon ziemlich dunkel ... Aber das dort ist Tokues Baum«, erklärte Frau Moriyama.

Unweit von ihnen war die Erde aufgeworfen und ein junger Baum gepflanzt.

»Nach eingehender Beratung haben wir uns auf eine Yoshino-Kirsche geeinigt. Weil Tokue Kirschblüten doch so liebte. Anscheinend ist sie bei Shinshiro in der Präfektur Aichi aufgewachsen. Sie hat immer von der herrlichen Kirschblüte dort geschwärmt und sich oft gewünscht, sie noch einmal sehen zu können. Die Buche dahinter haben wir gepflanzt, als Tokues Mann gestorben ist.«

Sentaro und Wakana, die noch immer hinter ihm stand, betrachteten wortlos die Bäume. Sooft der Wind durch sie hindurchfuhr, berührten sich ihre Zweige, und es erhob sich ein Rauschen.

Sentaro war, als hörte er Tokue sagen: Spitz die Ohren und hör zu.

Er machte einen Schritt auf die Yoshino-Kirsche zu und fuhr sacht mit der Hand über den jungen Stamm.

»Frau Yoshii.« Sentaro berührte die zarten Zweige mit den Fingerspitzen.

»Ach, schauen Sie nur!«, rief plötzlich Frau Moriyama hinter ihm, und er wandte sich um.

Durch die Bäume waren die Umrisse der Stechpalmenhecke zu erkennen. Und es wirkte, als würde der strahlende Vollmond unmittelbar aus ihr aufsteigen.

»Oh«, stieß Wakana andächtig hervor.

Der Wind schüttelte die Bäume, und bald verdeckten, bald enthüllten die schwankenden Äste das Licht. Und wogend streifte der Schein des Vollmonds die drei.

»Der Mond ist aufgegangen«, flüsterte Sentaro dem kleinen Kirschbaum zu.

Glossar

Adzukibohnen
kleine dunkelrote bis bräunliche Bohnenart, die traditionell in Ostasien, heutzutage aber auch in Kanada, den USA und der Türkei angebaut wird; aus ihr wird An hergestellt, eine süße Paste aus mit Zucker gekochten Bohnen

An
Paste aus mit Zucker gekochten roten → Adzukibohnen

Daifuku
mit süßen roten Bohnen gefüllte Klebreis-Klöße

Dango
Klebreisklößchen

Dorayaki
zwei runde, »gongförmige« Pfannkuchen mit einer Füllung aus süßer Bohnenpaste

Gohei-mochi
an einem kleinen Holzspieß geröstete → Mochi

Imagawayaki
rundes Gebäck, traditionell mit einer Füllung aus roten Bohnen

Kintsuba
Süßigkeit aus roten Bohnen und Mehl

Kishimen
Bandnudeln aus Weizen

Kombu
dicker, getrockneter Seetang → Shiokombu

Kusamochi
→ Mochi mit wildem Wermut (grün für den Frühling)

Manju
Hefekloß, häufig mit einer süßen Füllung aus roten Bohnen

Mirin
ein süßer Reiswein, der ausschließlich zum Kochen verwendet wird

Miso
würzige Paste aus gedämpften, gestampften Sojabohnen, die mit Hefe und Salz fermentiert wird; als Grundlage für Suppen und Soßen verwendet

Mochi
feste Masse aus gekochtem und gestampftem Klebreis, die zu Bällchen oder Küchlein geformt wird, festliche Leckerei

Okonomiyaki
herzhafte Crêpes mit pikantem Belag

Shiokombu
gesalzener → Kombu, der mit Sojasoße, Sake, Zucker, manchmal auch Ingwer gekocht und als schmackhafte Häppchen serviert wird

Shiso
würziges Blatt, Schwarznessel, artverwandt mit Basilikum

Soba
Buchweizennudeln

Takoyaki
Oktopus-Bällchen

Tempura
in einen dünnen Teig getauchte und dann in Öl frittierte Gemüse
und Meeresfrüchte, die mit Salz oder einer speziellen Mischung
aus Sojasoße und geriebenem weißen Rettich verzehrt werden

Yaezakura
Kirsche mit »achtfacher«, besonders üppiger halbgefüllter Blüte,
häufig als »japanische Zierkirsche« bezeichnet

Yokan
Süßigkeit aus roter Bohnenpaste, Algen, Mehl und Zucker mit
marzipanartiger Konsistenz

Zenzai
süße Suppe aus roten Bohnen, Neujahrsspezialität

Ein poetischer Roman über zwei Außenseiter
und die Liebe zu Katzen

272 Seiten / Auch als E-Book

Als Yama, ein gescheiterter Fernsehautor, eines Abends eine
schummerige Bar in Tokio betritt, ahnt er nicht, dass dies sein
Leben verändern wird. Hier trifft er auf die Kellnerin Yume.
Wer ist die junge Frau, die Katzen mehr zu vertrauen scheint
als Menschen? Nach und nach nähern sich die beiden an.
Doch erlaubt die Welt, in der sie sich bewegen, eine Liebe
zwischen zwei Verlierern?